野いちご文庫

俺の世界には、君さえいればいい。

◇理人◆

STARTS
スターツ出版株式会社

contents

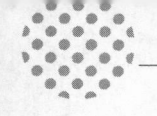

由《ゆ》比《い》かなの

いまだにサンタクロースを信じているくらい純粋でまっすぐな性格。大人しい女の子で、自分に自信が持てなくて、意見をなかなか言えない。じつは名家のお嬢様。

笹《ささ》倉《くら》優《ゆう》子《こ》

サバサバしていて、しっかり者のお姉さんタイプ。かなのの一番の味方で、なんでも話せる親友。丹羽先生に片想いしている。

俺の世界には、君さえいればいい。

characters

櫻井《さくらい》 主計《かずえ》

かなのの隣のクラスで、人気者のクール男子。いつも無表情だけど、なぜかかなのの前ではいろいろな顔を見せてくる。剣道部の絶対的エース。かなのの婚約者。

横山《よこやま》あいり

剣道部マネージャーで、かなのの一つ上の先輩。かわいくてあざとい系女子。なぜかかなのに冷たい視線を送ってくる。

丹羽《にわ》先生

大学を卒業して新卒でこの学校の教師になった、女子生徒にも人気な若くてクールな先生。生徒のことを大切に思っている。

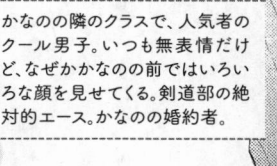

『お、懐かしい写真見てる。うわー、ガキっぽいな俺』

『ふふ、覚えてる……？』

『ふたりなのにおしるこ四つ。ね、かなの』

まだ高校一年生だったね、私たち。

ぎこちなくて、目を合わせるだけで精いっぱい。

『ねぇ主計《かずえ》くん。あの頃って、どんな気持ちだった？』

『たぶん必死だった。〝由比《ゆい》さん〟に俺を好きになってもらいたくて』

『とっくにそのときも好きだったんだよ……？　……〝櫻井《さくらい》くん〟』

『……俺も』

親が決めた婚約者だった。

そういえば私たちの始まりは、〝しきたり〟だったね――。

* prologue *

普通の恋愛ってなんだろう……って考えたときに。

運命的な出会いが思ってもみないときに訪れて、恋に落ちてお付き合いをして。

そして、ゆくゆくは結婚。

それが今の時代の、現代の、ありふれた恋愛観だと思う——のだけど。

「かなの、お前の婚約者が決まったぞ。これから挨拶に来るから準備しておきなさい」

「えっ、こ、これから……!? 私いま起きたところだよお父さん……！」

「前に言っておいたじゃないか。まったく相変わらずかなのはマイペースというか、おっちょこちょいというか……」

どうやら私の家は、そうではないらしく。

高校一年生、つまりお互いに十六歳になると親が自動的に婚約者となる存在を決めてくれちゃって。

こうしていきなり家に連れてくるような、私の家は、わりと有名な家柄で。

「初めまして。……櫻井です」

「あっ、は、初めまして……由比、です……」

着物を着付けられて、どぎまぎと緊張のなか客間で待っていると、登場した袴姿の若き青年。

深々と下げた頭を上げて改めて正面から見つめてみれば、どこかで見たことあるなぁ……なんて第一印象。

……見たことあるというか、知ってる人だ……。

「由比さん……下の名前は確か――」

「え、あっ、かなのって……言います」

「かなのさん。俺は……主計《かずえ》です」

うん、知ってます。

まさかだった。びっくりした。

さすがの私でも彼のことは耳にしているというか目にしているというか。

だって……。わりと女子に密《ひそ》かに騒がれている、隣のクラスの物静かで人気者の櫻井くんだったからだ。

何より私の名字を聞いて下の名前だと勘違いしなかったあたり、彼も少なからず私のことを知っていてくれたりして……なんて。

あるわけないよね、ないない。

「どうやら同じ学校だったようで。奇遇ですなぁ」

「そのようですね。これなら一安心かな」

「えぇ、きっと仲良くなれますよ」

親同士の会話なんかほとんど耳に入っていなかった。

まさかの婚約者が……さ、櫻井くんだなんて……。

やっぱり近くで見ると格好いいなぁ……。

愛想がなくて仏頂面《ぶっちょうずら》で物静かだけど、別に悪い人じゃないんだろうなってのは感じる。

「主計、かなのさんを必ず守ってやるんだぞ。お前は櫻井の名も背負ってるからな」

「うん。わかってるよ、父さん」

高校一年生、九月。

名家生まれだと学校でも悟られないくらい地味に生きていた私の前に現れた婚約者。

高校を卒業したら、そんな隣クラスの人気者と結婚する……らしいのだ。

* 隣のクラスの婚約者 *

世の中は不思議なことで満ちあふれていると思う。

不思議というか、ありえないことの連続だ。

「――い、――なの、由比かなの!!」

「――あっ、はっはい……!!」

ぱちっと目が覚めると、そこはいつも通りの授業風景。

窓から吹き抜ける九月半ばの心地いい風に眠り呆けてしまったらしく。

「俺の授業で居眠りとは……いい度胸だなぁ？」

「す、すみません……っ！」

寝てないです、まぶたの裏側を見ていただけです――。

昨日たまたま見ていたテレビでタレントさんが笑いながら言っていたような気がする。

けれど私にはそんなことを言える勇気だってなく、担任の刺すような視線とクラスメイトのくすくす声に耐えられず真っ赤。

そりゃあ地味で目立たない私の珍しい姿なんか、面白いこと極まりないよね……。

「どうしたのかなの。最近ボーッとしちゃって。なんかあった？」

「……髪切った？　みたいなノリで聞かないでゆっこ」

「ではなにかございましたでしょうか！」

そういう問題じゃない。

言い方を変えればいいってことじゃないのに……。

とくに気にせず、友達である笹倉優子《ささくらゆうこ》――通称ゆっこは美術室へ向かう私の隣を歩いた。

「なにかあったって言えば……あったんだろうけど……」

「なになに!?　まさかそっちの話!?」

「……そっちって……どっち……？」

この子は私の唯一の友達といっても過言ではなく、それでも不思議なことはここでもひとつ。

地味な私とつるむには珍しいタイプの女の子だということ。

ふわっと花のような香りをいつもまとわせて、透き通るようなロングヘアは巻かれて。

校則ギリギリを攻めるメイクだって。

「女子高生といえば恋バナに決まってるでしょー！　まさかぜんぜん想像つかない子から聞けちゃうなんてっ‼」

「……まだ私は何も言ってないよ、ゆっこ」

それにちょっと失礼だよ、ゆっこ。

確かに私なんかクラスでも隅っこを必ず陣取るような目立たなさで。

「あ、いたの？」なんて軽く言われてしまうくらい影だって薄い。

そんな私――私立白栄《はくえい》高等学校に通う一年生の由比かなのは、友達にすら家柄のことを隠して生きていた。

「まさか好きな人できちゃった⁉」

「……ううん、ちがう」

「なぁ～んだ、面白い話が聞けると思ったのにぃ」

だって言えるわけがない。

実は婚約者ができてね、それがね、なんて言ったら校内ニュースどころの騒ぎじゃなくなる。

私だけのことだったら周りは「なに言ってんのあの人」にしかならない内容だけ

ど……。

これは私だけの問題じゃないところが大問題なのだ。

「あっ、ねぇ櫻井くん来たよ……！　今日こそはきっかけ作るんでしょ真理っ！」

「もち！　今日こそは……!!」

廊下の角、ひそひそと作戦会議をする二人組の女子生徒。

彼女たちの視線は少し先から向かってくる一人の男の子を見すえていて。

そんな彼はいつも数人の男子に囲まれながらも、染まりきらない独特のオーラがある人。

――……そう、彼が私の婚約者でして。

「きゃっ……！　あっ、ご、ごめんなさいっ!!」

「も、もう真理！　なにやってんのあんたは……！　ごめんねぇ櫻井くん……！」

まさかの、彼女たちが起こそうとした〝きっかけ〟は自発的に行われるものだなんて。

わざとらしく角っこから飛び出したかと思えば、タイミングを合わせて櫻井くんにぶつかったように見えた。

「うーわ〜、あれはないわ……ひどすぎない？　あたしならもっとうまくやるのに！」

隣のゆっこは呆《あき》れたようにつぶやきを落とした。

けれどあれくらいしないと相手にしてもらえないと知り尽くしているのだろう、ぶつかった女子生徒は。

それもそうだ。

今だって彼はぶつかられても無表情で傾きもせず、体勢を崩すこともなく、じっと見つめ続けたまま。

「あっ、えっと……櫻井くん……、怪我とかはしてない……？」

ふつう櫻井くんからそのセリフが言われるものだと思うのに……。

けれど何も言われなかったことに不安になってしまったんだろう。

今にも泣き出しそうになりながらも、仕掛けた女の子が心配しちゃって。

「だって、涼介《りょうすけ》。大丈夫？」

「「え」」

ぶつかった女の子と、涼介と呼ばれたいつも櫻井くんの横に必ずいる男の子の返事は綺麗に重なった。

「ぶつかったのギリギリ俺じゃないんで。涼介、怪我ない？」

「え、俺は、うん、別に全然」

「らしいです。んじゃ」

表情ひとつ変えることなく、スタスタと通りすぎる櫻井くん。

素っ気ないというか……興味がまったくナシって感じ……？

そう、そんな人なのです。

私の婚約者となった隣クラスの人気者、櫻井主計くんは。

不思議なことばかりだ。

そもそもどうして私と彼が許嫁《いいなずけ》関係になってしまったかというと……。

「……あ、由比さん」

「っ……!!」

「えっ、あんたなんで櫻井くんに名前覚えてもらってんの……!?」

私に気づくと必ず挨拶してくれるようになった櫻井くんの実家は、名のある剣道一家で、立派な道場を構えている。

もちろん彼はこの高校でも、一年生ながらに剣道部の絶対的エースに選ばれていて。

そんな私は、古くから代々伝わる、日本を代表する和服ブランド――『由比グループ』の社長の一人娘。

昔から櫻井家とは関わりがあったらしく、両家のしきたりだって「より良い子孫を残すため」なんて、似た信念を持っていたこともあってか……。

これこれあなって、こうなって、今に至ったのだった。

「なんか顔赤いんで……熱とかありませんか？」

「え、いや……っ、ないです……っ、これといって変わりなく、元気です……、はい……」

「……そうですか、よかった」

熱なんか櫻井くんを前にしたら、簡単に上昇してしまう……。

だって婚約者だよ……？

逆にどうしていつもどおり涼やかな顔をしてられるんだろうって……やっぱり不思議だ。

「さ、櫻井くんは……今日も部活……？」

「はい」

「そ、そうなんだ……。頑張って……ください……」

「……ありがとうございます」

やめようやめようと思っても、結局は敬語になってしまう堅苦しさ。

昔から礼儀作法は徹底的に叩き込まれて育ったというのもあって。

それはきっと、櫻井くんも同じなんだろう。

けれど学校では不審がられないように普通の子を演じて、違和感をもたれないように地味に生きている私。

それでも目立ってしまう櫻井くん。

似ているようで正反対な私たちなのだ。

「じゃあ俺はこれで」

「あっ、はい……」

ぽーっと見入ってしまうくらい、なんていうか櫻井くんの動作には無駄がない。

すると私たちの雰囲気にツッコミというものを忘れた存在たちは、しばらくしてから騒ぎ出す。

「おいかずえ……！　お前あの人と知り合いだったのか……？」

「そーだぞ主計っ‼　お前から女子に声かけるなんてびっくりなんだけど……！　てかあの人だれだっけ？」

シワのないブレザー、しっかり留められた緩むことのないネクタイ。

制服をピシッと着こなす様は、さすが武道家の元に生まれた男の子だと思ってしまう。

そんな背中が、囲われてしまったことで見えなくなった。

「……あの人ってやめろ」

「あっ、えーっと……ユイちゃん、だっけ？」

「それもやめろ」

「はあ？　どっちだよ！」

見えなくなるギリギリで聞こえた会話に、トクンと心臓が跳ねる。

私にもあんなふうに気軽に話して欲しいなぁ……。

いつか、もう少し仲良くなれたら普通に話せるようになるのかな……。

――ガシッ！！

「わっ……！　ゆ、ゆっこ……？」

と、ずっと静かだった友達の存在をいま思い出した。

わぁ……。

ゆっこの黒ーいスマイルが目の前に……。

「ちょっと、来いや？」

「は、はい……」

くいっとうしろをさす親指が、そんな命令をしてきた。

「はあああぁぁぁああぁーーー!?!?」

ぶわっと風が吹き抜ける。

まだ次の授業まで時間は少しあったから、ゆっこに連れてこられた、生徒がいない非常階段にて。

窓がない暗い場所に驚きという名の風が……。

「婚約者……!?　えっ!?　あの無表情プリンス櫻井主計が!?!?」

「わーっ！　ゆっこ声大きいよ……！」

「さすがに大きくもなるわ……!!　というか、かなのがお嬢様ってのも、本当なの……!?」

ここは友達を信用することにした。

ずっと隠し通せるとも思っていなかったし、友達に隠しつづけることも本当は苦しくて。

自分の家柄、櫻井くんとのこと、いま持ってる情報のすべてを話した。

「う、うん……。でもっ、今までどおり友達でいて欲しいな……」

「そんなのあったり前でしょっ！　もうっ！　どうしてもっと早くに教えてくれなかったのよ……！」

「逆に距離を置かれるんじゃないかって怖くて……それに、地味に生きたかったから……」

「かなの……」

あとは婚約者が紹介されたのもまだ先月のことで。

私の誕生日が八月で、完全に十六歳になるまで教えてはならないのも両家の〝しきたり〟らしく。

「バカね～！　距離なんて置くわけないでしょ～！　むしろあたしは無表情プリンスの知られざる顔？　みたいなものが見れて嬉しいわっ」

無表情プリンス……。

どうやらゆっこは櫻井くんにそんなあだ名を定着させたいらしい。

「知られざる顔って……挨拶してくれただけだよ……？」

「はっは～ん、あんた気づいてないな？　あのプリンス、かなのを見つけた瞬間すっごい優しい顔してたけど？」

え、全然そんなふうに思わなかった……。

というより、櫻井くんは確かに表情の変化は分かりにくいけれど、いつも温かい目をしてる。

「あ～、なるほどねぇ。意外と隠れオオカミな王子様ってことだ」

「そっそんなことないよ……！　ゆっこ、櫻井くんに変なイメージ縫い付けないで……！」

「あ、そろそろ授業。行くよかなの」

「ゆっこっ、このことは誰にも秘密だよ……！」

「わかってるって」と、不安な返事が返されたけど……。

ここは友達を信じたい私もいるから。

ゆっこは〝約束を破る人間が一番きらい〟だと常に言っていて、そんな彼女だから私も話したのだ。

「もちろん櫻井くんにもだよ……？」

「え、それはなんで？」

「えっ……」

くるっと振り返った友達。

今までとは少しちがう空気感に、思わず緊張してくる。

「そ、それは……、櫻井くんにも迷惑だろうから……」

「迷惑ってどういう？」

「ほら……今の時代で、それに高校生で親が決めた政略結婚みたいなものだし、人気者の櫻井くんだから……、女の子たちは放っておかないだろうし……」

さっきだってそうだ。

あんなふうに自《みずか》ら出会いを画策してまでも彼に近づきたいと思っている女子生徒は

たくさんいる。

　同学年だけじゃなく、きっと先輩にも。

　来年は後輩だって出てくるだろう。

「そんな櫻井くんの婚約者が私だなんて、櫻井くんも周りに知られたくないだろうから……」

　どういう気持ちで彼はこの話を受けてくれたんだろう。

　それを考えると、家柄の理由以外はないんだろうなって無性に悲しくなる。

　もしかすると彼女さんがいたかもしれない。

　好きな女の子だっているかもしれない。

　ほんとにこれでいいのかなって、毎日のように思ってしまう。

「かなの！　あんたは可愛い!!」

「へ……？」

「あたしが男だったら、ぜったいこんなにも謙虚《けんきょ》な女の子を彼女にするわ……!!」

「あ、ありがとう……」

　裏を返せば、〝しきたり〟に従っているだけで情のない関係ということ。

自由な恋愛をしてはいけない不自由な立場。

「わぁっ、苦しいよゆっこ……！」

「いろいろ抱えてんのね、あんたも」

「……うん」

なにかに勘づいてしまったのか、ゆっこはむぎゅっと私を力いっぱい抱きしめた。

キーンコーンカーンコーン。

「わ……！　うそ……っ、完璧ちこくだ……っ」

「いーのいーの、こういうときくらい自由に生きたって許されるよかなの！」

「……美術の西村《にしむら》先生に一緒に怒られるんだよ……？　あのひとネチネチ言ってくるよ……？」

「……走ろっ!!」

でもね、ゆっこ。

こんなこと櫻井くんにも言えないけれど、私は今の立場に感謝してたりするの。

『キイロテントウは赤色よりいい意味があるんですよ』

櫻井くんと初めて話したのは、高校に入って二ヶ月ほどが経った頃。

先生に頼まれて花壇の水やりをしていたときだった。

その花壇の端にある水道で水を飲んでいた、袴姿の櫻井くんがいて。

しゃがむ私に、そう声をかけてくれたのだ。

『そ、そうなんだ……。詳しいんですね』

『……すみません、なんか急に』

その瞬間、恥ずかしそうに微笑んだ顔が忘れられなくて。

以来、私はずっと彼と話してみたかった。

「由比さん」

下駄箱から手にしたローファーを落としそうになった、とある放課後。

まさかまさかの男の子から声をかけられたために、私はとりあえずキョロキョロした。

……よし、今のところ見知った顔は近くにない。

「さ、櫻井くん。どうかしたの……？」

「今日部活ないんで……送っていきます」

「……」

確かにブレザー姿だし、今日はどの部活も休みらしいけれど……。

でも櫻井くんに送ってもらうってことは……一緒に帰るってことだ。

「由比さん？」

「──あっ！　大丈夫です……！　ひとりで帰れるので……っ」

「最近この付近で物騒な事件も聞くし、これも俺の役目ですから」

あ、そういえば……。

ひったくりや強盗が増えてるから気を付けるようにって、朝の全校集会で校長先生から注意を受けたばかりだけど……。

でも私と歩いているところなんかを誰かに見られていたりしたら、明日には噂が回っちゃう。

「……俺の護衛では不安ですか」

「えっ、ううんっ……！　そうじゃ……ないんです、けど……」

「じゃあ行きましょう」

「わっ……！」

ぐいっと手が引かれたかと思えば、ピタッと止まる。

「上履きのままですね」と、私の足元を見つめるように伏《ふ》せられた睫毛《まつげ》は長くて。

やっぱりこんなにも近くで見ると、直視も出来ないくらい申し訳なくなってくる……。

掴まれた手だって男の子の力だからほどくことも出来なかった。

「たしか由比さんの家は三個目の駅ですよね」

「は、はい……」

なんか……手、引かれてる。

手を、引かれているような気がするのですが、これはもしかしてこのまま家に到着するまでなの……？

ローファーに履き替えて昇降口を出て、校門を出て。

駅に向かえば、ちらほらと同じ制服姿の生徒たちが散らばっていたから。

「あっ、あの……！　こっちのほうが近道でっ」

「そうなんですか？」

「はい……っ」

だから私は、そこって道なの？　なんて思う細い路地裏を指差した。

近道なわけがない。

むしろ遠回りになってしまうけど、ここからなら生徒にバレず時間つぶしすることができそうだから。

「……やっぱりやめましょう。こっちは危ないです」

「え」

「俺と離れて歩きたかったらそれでいいんで」

パッと離されてしまった手に名残惜《なごり》しさと寂しさが生まれた。

でもそれ以上に、彼を傷つけてしまったんじゃないかと不安でたまらなくなる。

そんなつもりじゃない……。

そういうつもりで言ったんじゃない、これはむしろ櫻井くんのことを思ってのことだった。

「と、隣……歩いてもいいですか……？」

「……どうぞ」

ぎこちなく隣に立った。

ひとりぶん空いた隙間と、少ない会話。

役目って、彼は言っていた。

こんなふうにいきなりお姫様みたいに扱わなくてもいいのに……。

でもそれだって婚約者の役目なのだと。

「あの……、嫌だったら、断ることもできます」

「え……？」

「こ、婚約は……絶対じゃないと思うから……」

ぎゅっとスクールバッグの持ち手を握った。

ドクドクと叩く鼓動は、「そんなこと言わないで」って言っている自分の声が聞こえたような気がする。

でも、そこまでしてくれなくていい。

きっと櫻井くんは普通の恋愛をして男子高校生らしく生きたいだろうから。

「俺は別に平気です。しきたりですし、仕方ないんじゃないですか」

それは、両方だった。

ホッと安心したものと、ゴーンと鐘《かね》を打つように揺れた脳。

嬉しいものと、悲しいもの、両方だった。

しきたり、仕方ない……。

そうだよね、これは仕方ないことなんだよね。

「そう……です、よね」

「あ、いや、そういうわけじゃなくて。……いや、はい」

竹刀袋《しないぶくろ》を肩にかけて、道路側を歩いてくれることだって。

路地裏は危ないからと心配してくれたのだって。

それもこれも全部しきたりであり、仕方ないことだから。

両家の伝統のようなもので、代々伝わってきたこと。

「……！　危な……っ！」

「きゃ……！」

チャリンチャリンと鳴らしながら通った自転車は、私のスレスレを通りすぎていった。

その寸前に勢いよく腕を引かれて、私はポスッとなにかに埋まった。

「……いい加減にしろよ、当たったらどうしてくれるんだ」

──……え？

今のって櫻井くんの声だよね……？

間違いないはずだけど……すごく、低かった。

「……大丈夫ですか。ああやって痴漢《ちかん》したりひったくる輩《やから》が増えてるんです」

「あ、ありがとう……ございました」

想像していたよりずっとずっと逞《たくま》しい腕とか、力強さとか。

寄りかかってもびくともしない身体とか。

「あの、でも俺は……、由比さんじゃなかったら断ってました」

私を抱き寄せるような形で甘く囁《ささや》いた彼は、隣クラスの婚約者。

＊優先順位は大切に＊

「ねぇ、手つないでたらしいよ?」

「私は抱きしめ合ってたって聞いたよ?」

「え〜! うそ! ショックなんだけど〜!」

次の日。

やっぱりだった、このまま帰ろうかと思ったくらいだった。

電車の中で顔を合わせた同じ高校の女子生徒が妙にチラチラ見てきたかと思えば……。

昇降口に入ってから廊下を渡って階段を上がって、もうずっとずっと噂が立ってしまってて。

「櫻井くんだよ? てか本当の本当に櫻井くんだったの……?」

「うん、逆に間違えるほうが珍しくない?」

「……そうだけどさぁ……」

そしてみんな口を揃えて言うのです。

剣道部絶対的エースの人気者、一年A組櫻井主計と一緒に帰宅していた女子生徒が、一年B組に居るか居ないか分からないくらい地味な由比かなのだと分かると。

「相手は由比さんだよ？　ないない、ありえないね」

「うんうん、それだけはないわー」

「それって逆に由比さんに対する嫌がらせじゃないの？　由比さんが可哀想だよねそれ」

心配はご無用だったみたいです。

私だと分かると、みんなして首を横に振ってくれる。

逆に私を哀れんでくれてしまう声だって上がって、とりあえず私は複雑すぎる気持ちを押し込みつつも教室に向かった。

気にしない、気にしない。

そんなの最初から分かってたことだ。

「かなのちゃんっ！　なんか色々ウワサ立ってるけど……気にしないでねっ」

「櫻井くんにはあたし達から言っておくから……！」

「きっとそっくりさんだったんだよねっ！」

いつも声なんかかけてこないクラスの女の子たちが、一斉に私の机を囲んだ。

一言一言がグサグサくる攻撃をぜんぶ食らっていると、「退いた退いたっ!!」と言って助けてくれたゆっこ。

「かなのになにか言いたいことあるならあたしに言いなっ！　ぜんぶ聞いてあげるから！」

「優子に言っても意味ないも〜ん」

「そんなの分からないでしょー？　櫻井くんと抱き合ってたのはあたしかもしれないよー？」

「ないないっ！　だって優子って丹羽《にわ》を狙ってるし！」

「あっ！　ちょっと!!　言うなって……!!」

この話題が出る度に、顔を赤くさせる友達。

そう、ゆっこの好きな人の話は私もたまにというかしょっちゅう聞いていた。

彼女が想いを寄せるのは体育教師の丹羽。

丹羽先生は大学を卒業して新卒でこの学校の教師になった、女子生徒にもわりと人気な若くてクールな先生。

「それにしても本当は誰と抱きしめ合ってたのよ櫻井くん……！　もー！　こういうときに限って直接聞けない人だから困る〜!!」

「いいなぁ……付き合ってるのかなぁ、櫻井くんが女の子を抱きしめるなんて……うわぁぁぁんもう失恋だよぉぉっ」

……あれは抱きしめ合ってたとか、抱きしめられていたとかじゃない。

それを知ってるのは私だけだから、やっぱり昨日の場面を生徒たちに見られてしまっていたんだと。

あのとき歩道を走っていた自転車がスレスレで通ってきたから、櫻井くんが助けてくれたの。

だからあれはみんなが思ってるようなことじゃないんだよ。

……なんて、言えるわけがない。

「あっ、ちょっとかなの……!?」

「と、トイレ行ってくるね……！」

ぶわわっと赤くなった顔を見せてはいけないような気がして、教室を出る。

そのまま一番近くにある女子トイレの個室に籠《こも》った。

「はぁ……ど、どうしよう……」

一息ついて、とりあえず冷静さを取り戻さなくては。

『あの、でも俺は……、由比さんじゃなかったら断ってました』

あのとき、私をもっと引き寄せるように回された手に力が加わった気がした。

いつもより甘い声とか、切羽詰まったような必死さが見え隠れしていて。

なんだか櫻井くんらしくないとも思ってしまったけれど……そんな姿が見れて少しだけ嬉しくて。

でもなにも反応できなかった私も私だ。

家に帰って言葉の意味を分析しようにも、ドキドキが追い越してそんなことをしていられる余裕だってなかった。

「ねぇ、ウワサ聞いた？」

「聞いた聞いた。櫻井くんのことでしょ？　みんなわりとショック受けてるよね」

「そうそう」

噂の広まり具合って凄まじい……。

なんにも見てなかった人だとしても、聞いてしまえば一気に見ていたように話すから。

これは個室を出ないほうがいい合図だ。

聞き慣れない声は、同じクラスの女の子ではなさそう。

「てかカオリだって櫻井くんのこと狙ってたでしょ？　大丈夫なの？」

「狙ってたっていうか、ウチは応援してただけ」

「応援？　なんのよ」

「ほら、二年の剣道部マネージャーの横山《よこやま》先輩といい感じってウワサもあったでしょ。あの人だったらみんな納得なのにねぇ」

カラカラと、ポーチの中で軽い容器がぶつかりあう音がする。

こうして女子トイレはいつだって女の子のお色直しをする場所となっていて。

私は普段はすっぴんで、付けたとしても乾燥を防ぐ匂い付きのリップクリームくらいだ。

「あー、横山先輩ってめっちゃ可愛いって騒がれてる？」

「そうそう。剣道部に入る部員はほとんど横山先輩が目当てってのも聞くし」

横山先輩……。

部活にも入ってなくて、とくに先輩とも関わりがない私は知らなかった。

そうだったんだ……。

話に聞くだけでも、すっごくお似合いなんだろうなぁって想像ができる。

「横山先輩と櫻井くんならさぁ、快くおめでとうになるけど。由比さんだよ？　やめてほしいよね、ほんと」

「ああいうタイプって地味で目立たないくせに鼻につくっていうかさー」

「わっかるー」

じゃあ髪を染めればいいのかな……って思ったけど、うちは代々伝わる和服ブランドの家系だから。そんなことをしてしまえば、おばあちゃんが倒れてしまうかもしれない。

着物にはやっぱり黒髪。

常に謙虚《けんきょ》な姿勢、穏やかな大和撫子《やまとなでしこ》として礼儀作法は徹底。

そうやって育ってきた私は、やっぱりイマドキの女の子とはズレているらしい。

「やめてほしい……鼻につく……」

そんなふうに思われているなんて知らなかった。

家ではいつもみんなが喜んでくれて、お父さんもお母さんも「仲良くね」と嬉しそうで。

親の期待に応《こた》えることが私の使命のようなものだとも思ったりして、それはもちろん櫻井くんも同じ。

だからこそ、昨日の言葉はすごくすごく嬉しかった。

「……そっか……、そうだよね」

これなのだ。

櫻井くんに迷惑がかかってしまう。

けれどもし、私が由比グループの一人娘だということを全校生徒に知られてしまったら。

きっと生徒たちはガラッと態度を変えるんだろう。

でもそれは、みんなの目が〝由比グループのお嬢様〟を見る目に変わるだけ。

そんなもの、私はこれっぽっちも嬉しくない。

だけど家柄を言わなくても人気者になれてしまう櫻井くんは、やっぱり私とは正反対。

私はそんな彼に憧れていた部分もあったのかもしれない。

「はい、では今日はA組とB組の合同授業になるわけだが——お前ら！　これは遊びじゃないからな！」

「どうせ雑用だろー」

「ちなみに草むしりは成績に響かせるぞ」

「マジ？　ならオレ毎日草むしりするからテスト免除してくださーい」

文化祭が来月に近づいたこともあり、じわじわ準備に取りかかる今日。

毎年一年生の担当は校舎周りの草むしりと決まっているらしく、四クラスあるうちのA組とB組が今日は合同ということになった。

私はB組、A組には櫻井くんがいる。

あの噂は無くなったわけではないけれど、あれ以来増えることもなく自然と消えかかっていた。

「かずえー、こっち来いよ！　ヘビいるんだけど！　お前なら木の棒で撃退できるだろ！」

「ぎゃはは！　任せた主計っ!!」

やっぱり男の子って騒がしい。

男の子というか、男子高校生ってそういう生き物なのだと思う……けど。

「おい、ちゃんとやってよ草むしり」

「おまえってほんと真面目だよなー。真面目でイケメンで媚《こ》びねぇって、前世でどんな徳積んだんだよ」

「おれ前世はたぶんカピバラ」

「カピバラぁ？　なんで？」

「ぼーっとしてるから」

聞こえてきた会話に、思わずふふっと笑ってしまった。

盗み聞きしているわけではなくとも、自然と近くに櫻井くんは来ていて。

だけどお互い背中を向けているから私の存在には気づいてないと思う。

「ぼーっとしてたら剣道部エースになれるわけねぇだろ！」

「そーだそーだっ！　顔も全然カピバラじゃねーしっ!!」

「もーー。櫻井くんを見習ってちゃんとやってよね男子っ！」

お隣のA組さんは、櫻井くんを中心に男子も女子も笑顔が広がっていくみたいだ。

本人は無表情で相手にしないスタンスだけど、それが逆に櫻井くんらしいのかなって。

櫻井くんにはあの噂、どう聞こえてるのかな……。

そして私は先日までの私とは違うことを実行しようとしている今だ。

「かなの、これ根っこが抜けない……！　ちょっと力貸して！」

「あ、うんっ」

うーんうーんと、草の束を引っこ抜こうとしているゆっこに加勢する。

わ、本当だ……。

なかなかに根っこが太い感じがする……。

「いくよかなの、せーのっ」

「よいしょ……っと……！」

体重をうしろに預ける形は、まるで運動会の綱引きみたいだ。

もこっと土が盛り上がって、雑草vs私＆ゆっこの戦いが始まろうとしていた。

「うわっ……！」

「わっ……!!」

すぽんっ！

綺麗に根っこから引き抜けて、どんっと私とゆっこはしりもち。

「あーもうっ！　ジャージ汚れたぁ！」

「ふふっ、でも綺麗に取れてよかったね」

「かなの大丈夫？　……お嬢様だから家の人とかに怒られない……？」

私以外には聞こえないような小さな声で、コソッと耳打ちをしてくる。

もう……普通に接してって言ったのに。

だけどそんな心配もゆっこらしくて、微笑ましく思いながら「楽しかった」と答えた。

「ん？　どうした主計」

「……いや、なんでもない」

背中では櫻井くんとお友達の会話が聞こえてくる。

だけど私は聞こえないふり。

それが先日までの私とは違うことだ。

極力関わるのはやめようって。

みんなのために、彼のために、やめようって。

「あっ、てんとう虫……」

赤色だ……。

小さな斑点色《はんてんしょく》は、「自分を殺さないで」という危険信号の意味があるらしい。

初めて櫻井くんと話したあと、個人的に調べたことだった。

「ゆっこ見て、てんとう虫がいるよ」

「わー、ほんとだ。かわいー」

「あっ、わっ、……止まった」

器用に羽を動かしたてんとう虫は、私の手の甲に止まった。

びっくりさせちゃわないようにゆっくり動かして、もっと近くで観察。

「え、かなのって虫大丈夫なの？　あたしはちょっとダメ」

「てんとう虫だよ？　かわいいよ」

「見るのは平気だけど……、うぅ、むりぃ、それ以上は近づけないでねっ」

ゆっこの苦手なものを発見したのは初めてだから、ちょっと新鮮かも……。

こんなことをしている私たちがちゃんとやってるほうで、周りの女子と男子は草むしりなんか真面目にすることなく、ふざけ合ってしまってる。

「あっ……」

「ぎゃぁぁあっ!!　飛んだぁぁ!!」

「ふっ、大丈夫だよゆっこ」

「顔に飛んできたぁぁっ！　やーーだーーーーっ!!」

え、そんな逃げる……？

全速力で走って行ってしまったゆっこ、ぽつんと取り残されてひとりぼっちの私。

「……きいろの子はいないかなぁ」

黄色のほうがいい意味があるんだって。

てんとう虫は幸福を運ぶ虫だから、赤色だとしても黄色だとしても基本は同じ意味を持つらしいのだけど。

「てんとう虫って名前は、お天道様が関係してるのかな……」

初めて櫻井くんと会ったとき、もしかするとあのときのてんとう虫が幸福を運んでくれたのかもしれない。

まさか人気者の彼があんなにも柔らかく笑ってくれるとは思わなかった。

私なんかに話しかけてくれるとも。

「由比さん、さっきの大丈夫でした？」

「ぴゃっ！」

……とんでもない声を出してしまった。

ぽーっと思い出を振り返っている最中に、まさか本人さんの声が混ざってくるとは……。

びっくりしすぎて肩が跳ねるだけじゃなく面白い声が出た……。

でも「ぴゃっ」なんて反応、いまだかつて人間から出ているところを聞いたことがない。

「……ふっ」

そして笑われてしまった……。

すごい、ぜったい引いてる……。

どうしよう……穴があったら入りたい……。

「あっ、えっと、だ、大丈夫です……」

「草で手とか、切ってませんか？」

「は、はい……」

だめ、こんなところを見られちゃだめ。

　今はみんな飽きてしまって散らばってるし、たとえ私は校舎前の目立たない端っこに居たとしても。

　それでも決めたんだから。

「む、向こうで友達が待ってるので……！　失礼します……！」

「あっ、由比さん……！」

　シュタッと立ち上がって、疾風《はやて》のごとくタタタタタッと。

　もともと足は遅いし運動だって苦手だけれど、こういうときの逃げ足だけは速かったりもする。

　ビビりでひ弱な性格が作り出した唯一の特技のようなものだ。

「っ」

　本当は話しかけてくれて嬉しかった。

　てんとう虫も、櫻井くんとのことを思い出して心が温かくて。

　なのに避けてしまった……。

　逃げてしまった……。

　婚約破棄《こんやくはき》──そうしたほうがいいんじゃないかと思っている私がいて。

そのほうがみんな納得するし、櫻井くんにとっても一番いいことだ。

「――由比さん」

「わっ、あっ、わたし用事が……!!」

「えっ！　ちょっとかなの!?」

それからというもの。

ばったり鉢合わせした移動教室では、ルート変更。

「ゆいさんーー」

「あっ……！　先生に呼ばれてるんだった……！　ごめんねゆっこ……！」

「えっ、ちょっとかなのってば……！」

教室前で待ち伏せされているときは、美しいUターン。

「ゆいさ……」

「えっとっ、教室に忘れ物しちゃった気がする……！　またねゆっこ……！」

「かなの！　ちょっとさすがに櫻井くんに失礼よ……!!」

昇降口で待っていてくれたときは、無理にでも理由をくっつけて校舎内に戻る。

そう、避けに避けまくっていた。

そろそろ言い訳が尽きてきた……。

でもなんとか誤魔化さなくちゃ。

このまま愛想を尽かして、こんな女の婚約者は願い下げだって……なってくれるように……。

「ゆ」

「あ……っ！　えっと、あっ！　てんとう虫と戯《たわむ》れなくちゃ……っ」

「いっやそれはいくらなんでも無理すぎでしょ……!!　もう櫻井くん、〝ゆ〟しか言えてないじゃないっ!!」

そんなこと言われても……っ。

頭の中ではいつも百回はごめんなさいって言ってるんだよ……。

毎日毎日こうして声をかけてくれるのは本当に嬉しいけれど、周りの子たちに見られちゃ駄目だから。

だって悪く言われるのは私だけじゃなくなってくるかもしれない。

「由比～、悪いがこれ、剣道部の顧問に届けてくれるか？」

「えっ……私ですか……？」

「あぁ、剣道部の道場にいると思うから頼むわ」

どうして私に……。

言おうとしているけれど、すでに担任は背中を向けてしまっていて。

そんな、とある日の放課後。

関わったことなど微塵《みじん》もない剣道部の先生にプリントを渡すという任務を受け持ってしまった。

「でも今日は確か……部活ない日、だよね……？」

文化祭が近いからか、それとも諸事情というものか。

日直で残っていたわけでもない私に頼んだ先生の意図は分からないまま。

とりあえず……届けよう。

剣道部の道場は体育館の近くにある。

中庭の見える渡り廊下を進むと、櫻井くんと初めて話した記憶が甦《よみがえ》った。

「あ、……開いてる」

いいのかな……本当に入っても。

木目の扉の前、軽く手をかけてみれば鍵がかかっていないようだった。

ガラガラとゆっくり開けてみる。

「し、失礼しま――失礼……しました」

「由比さん」

「っ……」

何事もなかったかのように戻ろうとした私を、たった一言で引き留めてしまったのは。

道場の真ん中。

姿勢よく正座をして、じっと目を閉じていた袴姿《はかますがた》の婚約者だった。

「こっちに来てください」

「あの、剣道部の先生は……」

「そんなのいません。俺が由比さんの担任にお願いしたんで」

……ということは、まんまと罠《わな》に嵌《は》められてしまったということだ。

渡されたプリントもとくに意味はないものだそうで。

私に逃げられ続けた彼だから、ここまでしなければちゃんと話し合えないと思ったのだろう。

「で、でも私……部外者だから入っちゃだめなんじゃ……」

「俺が許可します」

「……」

一年生なのに……？

部長さんでもないのに勝手なことしちゃってもいいのかな……。

だけど彼の家柄を考えると、うん……別になんの問題もなさそうだ。

なにしろ全国剣道協会の会長と関わりがあるくらいのレベルなので。

「し、失礼します……」

深々とお辞儀をしてから、そっと中へ上がる。

思っていた以上につるつるな床と木の匂いに包まれた道場は、いつも竹刀《しない》のぶつかり合う音や部員たちの声が響く場所なのに。

今日はしんと静まり返っていて、すっごく落ち着かない……。

「そこに座ってください」

「は、はい……」

これはもう言われたとおりに。

もしかすると彼は今までにないくらい怒っているのかもしれない。

考えるまでもなく心当たりがありすぎて。

これはもう怒られたほうがいいかと諦めていた。

「どうぞ」

「え……？」

「これ、どうぞ」

「あっ、え、……はい」

スッと渡されたものは竹刀だった。

思わず受け取ってみると、想像していたよりも軽く感じた。

だけどやっぱりそれなりの重みもあって、それは重量感からくる重みとはまた違う印象のものだ。

毎日これを握ってお稽古しているんだなぁ……って感心してしまうような。

「では叩くなり突くなり斬《き》るなり、好きにしてください」

「……えっ⁉」

「遠慮なんかしなくていいんで」

「えっ、だ、だめですよそんなの……！　できないです……！」

なにを言ってくるかと思えば、この竹刀で私が櫻井くんにそんなことをしろって……。

できない……っ。

絶対だめ……!!

ぶんぶんと首を横に振って、そんなつもりはないと示すために竹刀を床に置いた。

それでも彼はどこか腑《ふ》に落ちないようで眉間《みけん》をぐっと寄せている。

「……由比さん」

かと思えば、眉を下げて寂しそうな顔に変わってしまった。

床をなぞるように落とした視線はふっと私に移って、震える声で小さく続けられる。

「俺……、なにか、嫌われるようなことを……してしまいましたか」

「えっ、し、してないです……！」

「たしかに俺は表情も乏《とぼ》しいから、……昔から勘違いとか、されやすいですけど」

「ち、ちがう……」

「じゃあ……なんで、避けるんですか」

「っ……」

直球な質問に、つい言葉が飛び出そうになる。

けれど口に出せずにもどかしく思っていると、少しだけ櫻井くんは向かい合う私に近寄った。

「ち、ちがうんです……あの、そういうのじゃなくて」

「はい」

「わ、私と……関わっちゃ……だめで……」

「由比さん……？」

関わらないほうがいい。

どうして私なんかを婚約者にしたのって、たとえ親の命令だとしても疑問だらけだった。

櫻井くんならいくらでも選べる立場にあったはずなのに。

由比グループだから……？

親の圧力がすごかったから……？

だとしても親の一番は子供の気持ちのはずだ。

私のお母さんは今でも言ってくれる。

かなのは由比家の一人娘でもあるけれど、ひとりの女の子なんだから——って。

「こ、婚約は……やめたほうが、櫻井くんのためだから……っ」

じわっと浮かんだ涙を振り払いながらも言い切ってしまった。

二年生のマネージャーさんといい感じだって噂で聞いた。

誰もがお似合いだと思う二人らしい。

彼女のことを諦めてまで、わざわざ私を選ぶ理由なんかないはずだ。

もしそれがあったとしても、ただ由比の名前だけに惹《ひ》かれるような人でもないと思うから……櫻井くんは。

そんな人じゃないって、私は信じている。

「……最悪だ」

——ポカッ！！

「えっ、な、なんで……っ、櫻井くん……!?」

握りこぶしを作って、自分で自分を叩いたのは目の前の男の子だった。

竹刀ではなく、それはもう物理的に。

なにしてるの……⁉

櫻井くん、自分で自分のほっぺを腫《は》れさせてる……。

「……泣かせた、ごめんなさい……、俺に至《いた》らないところがあったからですよね……、泣かないでください、俺に問題があるなら直しますから」

「えっ、え、ち、ちがう……全然ちがうんです……っ」

「大切な女の子は絶対に泣かせるなって……教わってきたのに……」

たいせつな、おんなのこ――。

そう言ってくれるまっすぐさが、私はすごく好きだ。

だけどそう思うと同じくらい苦しくもなる。

「わ、私になにも取り柄がないから……だめなんです」

「……由比さん」

「地味だし、目立たないし……っ、ぜんぜん可愛くないし……っ、だから、櫻井くんに迷惑がかかっちゃうの……っ」

「由比さん」

気づけば櫻井くんは、私のすぐ目の前に来ていた。

思わず引いてしまいそうになっても、スッと伸びてきた手が、頬《ほほ》に落ちる無数の涙を拾ってくれるから。

びっくりして身体が硬直してしまった。

「俺は由比さんの良いところ、知っています」

「……え……」

「だけど、まだ、もっとたくさん知りたいとも思ってる。……だから、もっと仲良くなりたいです」

「な、仲良く……」

「はい」

じゃあまずは敬語をやめましょう。

櫻井くんから出てくる敬語は、すごく、なんていうかドキドキしてしまって駄目だ。

そういうところに誠実さが出ているんだろうなぁって思うけれど、友達といるときは違うから。

そのギャップを見つけるたびに、いつも心臓が落ち着かなくて。

「あの……じゃあ……、お、お友達に……なってくれますか……?」

「……友達、ですか」

不安に思いつつも、こくんっとうなずく。

まずはお友達から始めれば、自然と敬語だって取れるはずだ。

お互いのことだって関わっていくうちに知れるだろうし……。

そこから……もしかしたら、気持ちに変化があるかもしれない。

もちろん良い意味で。

「……嫌、です」

「………」

ゴーンというか、ガーンと、大きな鐘が頭の中で打ちつけられた。

まさかこんなにも呆気《あっけ》なく断られてしまうなんて……。

というより……この流れでそれはかなりの大打撃……。

「い、嫌……ですか……、そうですよね……、ご、ごめんなさい……っ」

「俺は、婚約者のままがいいので」

「───……」

反応に困ってしまった。

だけど私はたぶん、すごく喜んでいる顔をしていると思う。

「……お、お友達兼、婚約者じゃ……だめですか」

「婚約者兼、友達……なら」

あまり変わらないんじゃないかな……。

その優先順位にこだわる理由はよく分からないけど、これは断られてるわけじゃない……？

「婚約者は……括弧《かっこ》書きで」

「駄目です」

……櫻井くんは意外と頑固……？

どうにも婚約者というものにこだわりがあるらしく、今までとはどこか違う空気感があった。

「じゃあ……その、婚約者兼お友達で……、よ、よろしくお願いします……っ」

「……こちらこそ……よろしくお願いします」

お互いにペコッと頭を下げる影は、お父さんに初めて紹介されたときよりも緊張していて。

　でも温かくて優しくて、ふふっと無意識にも響いてしまう。

「もう泣いてないですか……？」

「っ、はい……、大丈夫です」

　無愛想ながらに覗《のぞ》いてくる櫻井くんは、簡潔に一言でいえば破壊力抜群だった。

　だけど無表情じゃない。

　本当に私を心配してくれてるんだろうな……って、すこしだけ自惚《うぬぼ》れてしまいそうになる。

　微量な変化の中にも、いつも優しさはちゃんとあるから。

「あの……、それと名前……名字じゃなくて、下の名前で……！」

「かなの。」

「っ……!!」

　こんなにもすぐ呼んでくれちゃうなんて。

　何より櫻井くんのものとは思えないくらい甘い声だった。

　けれど言ってしまった本人は、あとから汗がだらだら吹き出してる……ような……？

「……さん」

「え、櫻井くん……？」

「っ、かなの……さん、」

櫻井くんのこういうところ、すっごくかわいいと思う。

頬をほんのり赤くさせて照れてる……。

これはゆっくり、私たちのペースで呼んでいければいいね。

この先もっともっと私は櫻井くんの可愛いところを知っていける気がするから。

格好いいところは……もう十分だ。

これ以上増やされると逆に困ってしまう。

「かずえ、くん……」

「っ……！」

「ふふっ、主計くん……」

少しでも離れようとした自分が馬鹿みたいに思えた。

彼は私をちゃんと見ようとしてくれている。

逃げてしまっていたのは私だったんだって。

「わっ、櫻井くん……？」

するど、ふわっと頬に伸びてきた手。

私より大きくて、それでも繊細《せんさい》で、骨ばっているのに柔らかくて温かい。

そのまま彼の顔は私に近づいてくる。

「さ……くらい、くん」

これって、これって――……。

どこかで止めないとだめな気がする。

櫻井くん？　って、もう一度呼びたいのに呼べなくなってしまって……。

「あれ？　櫻井？　まだ帰ってなかったのー？」

「っ――!!」

バッ!!と、お互いに離れた。

目をぎゅっと閉じてしまってた……。

確実に私がその先を待っている動きで。

そんなものを止めるように道場の入り口、耳に引っかかるような甘い声で彼の名前を呼んだ女子生徒がひとり。

「今日は部活ないよ？」

「……先輩は、なんで」

「部室にちょっと忘れ物しちゃって」

すっごくかわいい人だ……。

かわいいのに綺麗で、本当にモデルさんみたいで。

モデルというよりはアイドルかもしれない。

もしかして彼女が二年生のマネージャーさんの……横山さんなのかな。

「……って、ここは剣道部関連のひと以外は立ち入り禁止なんだけどなぁ～？」

「あっ、ご、ごめんなさい……！」

「もう櫻井、部長には黙っといてあげるけど。二回目はないよ？」

なんだろう……、私をスルーするような会話だ。

まるで見てもいないような、私なんかそっちのけで櫻井くんと話している感じで……。

「あなたも簡単に入らないでくれる？　それかマネージャー候補？　下心ある子は歓迎しないよ？」

私に向けられたかと思えば、その視線より冷ややかな言葉だった。

下心って……。

そんなのないし、確かに勝手に入っちゃったのは駄目だったかもしれないけれど……。

「俺が呼んだんです。帰ろう由比さん」

「あっ、でも櫻井くん……着替えなくちゃ」

「……校内の更衣室使うんで平気です」

ぐいっと私の手を引いて道場を出る櫻井くん。

すれ違ったマネージャーさんの射抜《いぬ》くような視線は、ぞくっと背筋が凍ってしまいそうなくらい冷たいもので。

私のことを良く思ってはいないんだろう。

櫻井くんもそれを分かっていたから、道場の更衣室を選ばなかった。

「嫌な人でしょ。由比さんがなにかされたら俺が片付けますから」

「そ、そんなことしたら櫻井くんが退部になっちゃう……」

「別にいいんです。先輩たちに入ってくれってお願いされて嫌々入部しただけだし」

剣道なら家でのほうが本格的に稽古できます――と、櫻井くんが付け足した帰り道。

彼は全国大会でも必ず功績《こうせき》を残しているらしく、部員やコーチからも頼りにされる特別な存在。

由比グループとの関わりといえば、櫻井くんがいつも着ている胴着である袴を製作したのは私の家の会社だということくらいで。

「文化祭、由比さんのクラスはなにをするんですか？」

「クレープ……作るよ。と言っても私はお片付け係かな……」

「俺、食べに行ってもいいですか？」

「あ、うん……。でも私は雑用しかやらないから作ってあげられないけど……」

かなり頑張ってる。

私が敬語をやめれば、彼もつられてくれるんじゃないかって。

「はは、じゃあ雑用を頑張ってる由比さんを見に行きます」

わぁ、笑ってくれてる……。

すごい、ゆっこ、やっぱり櫻井くんは無表情プリンスなんかじゃなかったよ。

「さ、櫻井くんのクラスはなにをするの……？」

「俺のところはお化け屋敷です」

「櫻井くんもお化けになる……？」

「はい。楽しみにしていてください」

これって結果的に誘われてるよね……？

お化けはかなり苦手の部類に入るのですが……。

「由比さんは……取り柄が無くなんかないです」

「え……？」

「でも、もし自分でも分からなかったら……そのときは俺が見つけだしてあげますから」

なんかすごい言葉を贈られちゃったような気がする……。

私の取り柄ってなんだろう……。

唯一は、着物の着付けができることくらいだ。

でもこうして櫻井くんの隣を歩いたって、昨日までの気持ちとは全然ちがう。

今日からは周りの人に「お友達」って言える。

「――……ありがとう、櫻井くん」

私は、たぶん、この人に惹《ひ》かれてる。

初めて話したときから……ずっと。

＊

櫻井side

「送ってくれて……ありがとう。あと……今までいろごめんなさい……」

「……いえ。じゃあ……また来週」

「……うん」

名残惜しい。

もう少し一緒に歩いていたかった。

でも少しずつ敬語を使わず話そうと頑張る姿に、心が温かくなる。

もっと話していたいって、もっと由比さんの笑顔を見ていたいって。

「あっ……！　ちょっと待っててくださいっ」

「え」

勢いよく日本家屋の立派な屋敷に戻っていくと、そんなにしないうちに玄関から出てくる。

「これ……」と、差し出されたのは湿布だった。

「ほっぺた、冷やしてね」

「……ありがとう、ございます」

その優しさだけで痛みなんか無くなる。

これは俺が自分で自分に作ったものだし、由比さんを泣かせてしまった痛みのほうが強いくらいだ。

「……あの、ちなみに、婚約は……破棄じゃないですよね……？」

不安だった。

一度でも口にされてしまったから、俺はすごく不安だったのだ。

「……ぞ、続行で……お願い……します……」

顔を赤くさせながらも丁寧に頭を下げる姿は、さすがは礼儀作法の身に付いたお嬢様だ。

その言葉を聞いた俺の心は、ストンと軽くなった。

「──……よかった」

「えっ、あっ、……はい……」

「あっ、いや、……じゃ、じゃあ」

「お、お大事に……」

くすぐったい。

そのあとの帰り道は、俺はいつもの無心とは違う無表情さで帰宅した。

「あぁぁあああぁぁぁあ!!!!」

――と、それとこれとは別に。

俺は家に帰って早々、頭を抱える。そして壁に頭を打ち付ける。

「……最悪だ、間違えた……、ぜったい順序まちがえた……!!」

「お兄ちゃんうるさいっ!」

「……あ、ごめん。いやごめんじゃない、俺はなんてことしてんだよ馬鹿……」

「ええぇお兄ちゃん頭バカになったの……!?」

小学三年生の妹は最近になってまた口が達者になってきた。

これ以上リビングで騒いでいると竹刀で叩かれそうだ。

「ちょっと壁が壊れちゃうってば……!」

「……あぁ、ごめん」

壁に打ち付けていた頭を離して、すぐに自分の部屋へ向かう。

そして再び頭を抱える。

「……泣かせた……、それが一番だけど一番じゃない」

誰にも言えない。

こんなの父さんにも言えない、言えるわけがない……。

結婚するまでは手を出すなよ？　なんて、毎日のように脅《おど》されてる俺でもあるから。

「……俺、なにしようとした……？」

記憶は曖昧《あいまい》だ。

曖昧のあやふやなのに、はっきり覚えているという矛盾《むじゅん》。

だけど名前を呼んで笑ってくれて、そんな顔を見てしまったら無意識だった。

俺は――……キス、しようとした。

「だよな……？　そうだよな……？　あれ、ぜったいそうだったよな……？」

本当に無意識で、気づいたときには唇《くちびる》を重ねようとしてて。

だけど由比さんも由比さんだ。

目……、閉じてたし。

「でも嫌われてなくて良かった……」

最近はずっと避けられていて、目を合わしてくれるどころか名前すら呼ばせてもらえなかったから。

俺は毎日毎日、なにかしてしまったんじゃないかと悩みつづけてた。

でも……あんなにも由比さんらしいかわいい理由だなんて、そんなのもっと愛しくなる。

『主計、この三人の中から話してみたい子はいるか？』

俺の誕生日は五月だった。

だから五月の時点で十六歳になっていて、婚約者の候補とされている女性を父さんから知らされていたのだ。

その中のひとりに、見たことのある女の子がいた。

私立だとしてもごく普通の私立高校。

家柄を隠して俺と同じように生活している隣クラスの子が、そのひとりだった。

他はお嬢様学校に通う年上の女性ばかりで。

『……由比、さん』

『確か同じ学校だっただろう。知ってるのか？』

『……いや……話したことはないけど』

ただ少しだけ気になった。

いつも目立たないし、すれ違ってもお互い足も止めない。

だけど同じ学校なら尚更どんな子なんだろうって。

由比グループの令嬢だというのに、それを一切隠して過ごしている子がどんな子なのか知りたくなったのだ。

『あ、てんとう虫だ……』

そしてある日、俺はたまたま由比さんと話す機会があった。

高校に入学して二ヶ月経った頃だったか、その日は部活の体力づくりで走らされて。

みんな道場外にある水飲み場へ向かったけど、俺は中庭のほうが空いていることを知っていたから。

やった、一番乗り――なんて気持ちで蛇口をひねっていると、花壇の水やりをしている由比さんがいた。

しゃがみながら、てんとう虫に話しかけていて。

『キイロテントウは赤色よりいい意味があるんですよ』

気づけば声をかけてしまっていた。

それは小さな頃に図鑑で読んだだけの知識。

ただ、黄色いてんとう虫に話しかける彼女が可愛く見えたから。

そんなふうに笑うんだって、でもてんとう虫に話すくらいだったら俺と喋《しゃべ》ってくれてもいい、なんて思ったりして。

『そ、そうなんだ……。詳しいんですね』

『……すみません、なんか急に』

はっと意識が戻った。

急に恥ずかしくなって、早く部活に戻らなきゃと誤魔化すように水を飲んだ。

『ふふっ、じゃあ君は花に幸せを与えてるの？』

メルヘンだと思った。

シンプルに、ちょっと変わった子なんだろうなって。

てんとう虫に話しかけてるし、笑ってるし、なんかそれだけで楽しそうだし。

『あ、あの、教えてくれて……ありがとうございます』

『――……』

蛇口から飛び散る水の隙間から見えた、笑った顔。

キラキラと太陽に反射する水滴なんかよりも、ずっとずっと目映《まばゆ》くて。

言ってしまえば、笑顔にやられたようなものなんだろう。

だって花壇の水やりなんて雑用だ。

それでいて一人、友達もそこまで多くないんだろうなって。

『……決めた』

『え……？』

『……いや、なんでもないです』

決めたのだ。

俺は、ここで決めた。

だってこの子は俺から話しかけられたことを心から喜んでいるわりには、それ以上を追求してこないから。

貪欲《どんよく》に求めてこないから。

『あ、向こうの花壇にもいるかなぁ……』

たとえばこんなふうに一緒に花を眺めて、虫を見つけて、流れる時間を緩やかに過ごす。

ぼーっと雲を数えるような時間も嫌いじゃないし、女子たちの忙しい声はいつも鬱《うっ》陶《とう》しかったりする。

だからこんな時間を、たった今の部活の水分補給の合間に感じられたことが俺にとって何より特別だった。

『あっ！　さっきの子、ここにいました……！』

俺のクラスにいる女子や、いつも近づいてくる女子。

それはすべて見返りを求めているものだったから。

『ふふっ、かわいい。わ、また飛んだ……』

だけど由比さんは違ったのだ。

てんとう虫に笑いかけて、その笑顔を俺にも向けてくれる。

なにかを期待してる目だってなくて、俺になにかを求めてる貪欲さだってない。

だけど彼女がもしそれを求めるようになっても、他とはちがう、謙虚で可愛いものなんだろうなって確信もあって。

俺はその日――……この人を守りたいって思った。

「だからただの友達っていうのは……やっぱり嫌だ」

婚約者でいたい。

婚約の上に成り立つ、友達がいい。

たとえ周りからどう思われようと、俺は絶対にやめる気なんかない。

むしろ俺はもっと由比さんに近づきたいし、出来ることならハチャメチャに可愛がりたいくらいに。

「……」

そう、俺は可愛がりたいのだ。

顔周りで切り揃えられた黒い髪とか、小さな鼻とか、こぼれ落ちるんじゃないかってくらい柔そうな白い頬とか、猫目の瞳《ひとみ》とか。

「ぴゃっ」って、聞いたことない声を出して反応してくれるところとか。

もっと近くで見たいし、もっと知りたいし、誰も知らない由比さんの顔を俺だけが見つけたい。

「……変態だ……、やばい、俺は変態だ」

順序、まずは順序が大切なんだ。

優先順位というものがあるだろう。

文化祭、冬休み、クリスマスにお正月……。

もっとこれからたくさんいろんなことがあって、その全部を由比さんと過ごせるのだとしたら。

「……最高すぎだろ」

ただ、まずは俺を好きになってもらわないと。

親が決めたから従ってるんじゃないってことも知ってもらわなければ。

これは俺が望んで選んだんだ——って。

* 過保護すぎる櫻井くん *

あれから私は辞書で調べたり、スマートフォンで検索をしたり。
そんなものを繰り返す毎日だった。
とりあえず私は、家にあった辞書を手にして、〝キス〟という単語を調べてみる。
読めば読むほど、それは自分で逃げ場を無くしてゆく感覚だった。
「くちづけや接吻とも呼ばれ、挨拶の意味もあれば……、せ、性愛の表現として……。
わーーっ!!」
ぱたんっとすぐに閉じた。
なんて単語を調べちゃったんだろう私……!
くちづけ、接吻だなんて……っ!
ぽわわわっと赤かった頬から、爆発するようにボンッと湯気が出た。
「でもあれも……〝しきたり〟だから、仕方なく……?」
もしそうだったら嫌だなぁ……。
そこまでして忠実に従おうとしてくれなくていい。
むしろそれってすごくつらいことだけれど、でもお友達になってくれて嬉しかった。
「かなの……?　熱でもあるの?」

「えっ、わっ、ううんっ！　平気……！」

「最近ずっと顔赤いわよ……？」

「そ、そんなことないよおばあちゃん……！」

お家では、お父さんとお母さんよりもおばあちゃんと一緒にいることが多い。

両親は由比グループの代表と副社長として忙しい毎日で、昔からおばあちゃんが私のお世話をしてくれていた。

かといって親の愛情が薄いわけでもなくて、お父さんもお母さんも出来る限りは私との時間を作ってくれる。

だから何不自由ない生活を送らせてもらっている。

「櫻井さんの息子さんとはうまくやれて……そうね。心配いらないみたいだわ」

気を緩めると意識は遥《はる》か遠くに飛んでいってしまう。

そんな私を見つめて、ホッとしているおばあちゃんの声だって私には聞こえてはいない。

『由比さん、俺もう我慢できない』

『えっ、さ、櫻井くん……!?』

いつも教科書どおりピシッと着こなされた制服、上の位置で留められているネクタイ。

緩めながら櫻井くんは私の上におおいかぶさってきた。

『さ、櫻井くん、ネクタイ……っ』

『外《はず》していいですか？　俺のも……由比さんのも』

『だっ、だめ……っ』

『どうしてですか』

ぐいっと右手で緩める姿は、これはもうすっごく目の毒だった。

覗《のぞ》いた白い首筋に、鎖骨《さこつ》。

見てはいけないものが目の前にあって、思わず顔を逸《そ》らしてしまえば無理やりにも戻される。

『──かなの』

『っ……、あっ、ゃ』

通り抜けながらも耳元に残るウィスパーボイス。

甘くて、とろけてしまいそうで、耳がふにゃりと形なんか無くなっちゃうんじゃないかってくらい。

『いい？　……かなの』

『っ、うん……っ』

敬語だって取れちゃって、そんなふうに名前を呼んでくるなんてズルい……。

だけど、私だって期待している。

いつもいつも期待をしている。

だから前だって目を閉じてしまった。

「──……さむい……、いたい」

吹き抜けるすきま風を受けて、ぶるるっと身ぶるいに目覚めた朝。

かけ布団を抱き枕にしながらベッドの下。

「……」

夢だった。

なんて夢を見てるの私……。

はしたないというか……ハレンチだ。

「さ、櫻井くんはそんなことするはずないの……！　私のバカっ」

ごめんなさい櫻井くん。

イメージを覆《くつがえ》すようなあんな夢を見てしまって、本当にごめんなさい。

ネクタイなんか緩めないのが櫻井くんだ。

ぼーっとしているように見えるのに、隙なんかなくて、どこから入ろうとも隙間が見つからないような人が櫻井くん。

「あー、やっぱり二コじゃ足りなさそうだよ先生。火力弱いからこれじゃあお客さんをめちゃくちゃ待たせるって」

「んなら、もうひとつ追加だな」

「誰かー、ホットプレート持ってきてー」

だいぶ本格的になってきた。

クレープ屋さんだから、わりとメジャーで簡単なものかと思ったけれど。

生地《きじ》を作る係、焼く係、具材をトッピング&盛り付けする係に食料の買い出しメンバー。

そんな役割分担にクラスメイトの半分は使われる。

「テーブルクロス敷いたほうがよくない？　それっぽくなるよね？」

「ねぇ机って四つの一セットだけでいい？　それとも二つの一セットと分ける？」

「んー、後者。家族連れだけじゃなくカップルも来るだろうから」

テーブルのデザインをするクラスメイトは配置を考えたりも。

「エプロンこんな感じでいいかなぁ？」

「なんか作る人はシェフっぽくしようよ……！」

「あっ、いいねそれ！」

手芸部が居たこともあって、作る側の格好にも手を抜かない。

「かなの！　これどう？　あたしの力作！」

「わぁ！　すごいよゆっこ……！　本当にお店で飾られてる看板みたい……！」

「でっしょ～？」

そして私は数人の女の子たちと教室の前に飾るPOPと、メニュー表作りを担当。

放課後に残ってまでも本格的に仕上げようとしていた。

といっても、こういうものはゆっこのお得意だから。

私は色塗りのサポートと、ごみ捨てだったりの雑用をしているだけという……。

「あっ、ねぇ！　由比さんどっか行く？」

「今からごみ捨てに……」

「ならついでに家庭科室からホットプレート持ってきてもらっていい？」

「あ、わかりました」

どのクラスも文化祭の準備で賑わっていた。

お祭りのような雰囲気にはしゃぐ生徒がほとんどで、先生たちも青春を思い出しているかのように楽しそう。

廊下を歩くたびに甘い匂いや香ばしい匂いが漂ってきて、お昼にお弁当を食べたはずなのに胃が刺激される。

ごみ捨ては無事に完了。

「よし、次は家庭科室……っと」

裏庭から校舎に戻って、連絡通路を小走り。

「由比さん」

「……！」

と、そんな私を追いかけるように少し息を切らした声に名前を呼ばれた。

たったそれだけでトクンッと心臓が跳ねてしまって、認識するとドキッと重い音に変わる。

「さ、櫻井くん」

「ちょうど見かけて」

もしかして見かけたから走って来てくれたの……？

段ボールを持っていた櫻井くんは、それを足元に一旦置いた。

「櫻井くんのクラスはお化け屋敷だったね。仮装とかするのかな……？」

いつの間にか前よりもスムーズに敬語じゃなく話せるようになった。

だとしても彼はまだ敬語。

だけど櫻井くんいわく、よそよそしくしているわけではないという。

だから私も櫻井くんの敬語に慣れてきて、心地良くもなっていた最近で。

「……由比さん」

すると櫻井くんは無表情ながらに近づいてくる。

ずんずん近づいて、私を追いやるように、そして追い込んでくる。

「えっ、わっ」

とんっと、窓際に背中がぶつかった。

追い詰める寸前でピタッと止まった彼の視線は、ゆーっくりと下に移される。

それは私のスカートだった。

「スカート……短くないですか」

「……あ」

そうだった……。

ＰＯＰ作りにペンキを使っていたから。

付いちゃったら大変だと、ゆっこが短く調整してくれて。

いつもは膝《ひざ》のほんの上の長さだけど、今日は太ももを見せてしまってるくらいに膝上十二センチはあるかもしれない。

「それ階段どうなるんですか、やめてください」

「ご、ごめんなさい……」

やめてくださいって言われても……。

ペンキや絵の具が付いちゃうほうが大変だし、意外と動きやすいなぁって解放感もあった。

クラスの女の子は常にもっと短くしてる子だっていて、ゆっこもいつもこれくらいだ。

真面目に初期の長さを貫《つらぬ》いてるのは私くらいだろう。

「俺のカーディガン貸すんで、どうぞ巻いてください。絶対巻いてください」

「えっ、あ……」

やっぱり動きに無駄がない。

今日はブレザーではなく、学校指定の紺色のカーディガンを着ていた櫻井くん。

気づいたときには、ふわっと私の腰《こし》にまだ櫻井くんのぬくもりが残るカーディガンが巻かれていった。

「……よし、──っ!!」

こっちのほうが恥ずかしいこと、今になって気づいたらしい。

だんだん赤くなってゆく顔と、居たたまれなさそうに挙動不審《きょどうふしん》な動き。

「あっ、いや、でもこれは……絶対とらないでください」

「は、はい……」

私の腰に巻いてくれたとき、まるで正面から抱きしめられてるみたいで。

私だって何が起きてるの……？　と理解するのに大変だった。

それに巻いてくれること自体が結構すごいことだと思う……。

「……それ……ずっと着てていいんで」

「え……？」

「……俺のカーディガン」

逆に着てください——なんて、都合のいい解釈を頭の中でしてしまった。

そんなことを言われてしまうと、今日見た夢を思い出してしまう。

なにしてた……？

ベッドに押し倒されて覆い被さられて、そうそう、ネクタイを緩めてたの。

私のネクタイにも同じように手をかけてた櫻井くん。

「っ……、げ、月曜日には洗って返すね……!!　それじゃあ失礼しますっ」

「あっ、由比さん走らないでください……！　見えるんで……!!」

「櫻井くん過保護すぎるよ……っ！」

「……過保護……とは、ちょっと違うだろ」

ひゃ〜〜〜！！

走るたびに、腰に巻かれた櫻井くんの香りが鼻に届いてくる。

ホットプレート、ホットプレート……！

ごみ捨てをしてホットプレート持ってくるだけなのに、こんなにドキドキすることってある……？

「あれ？　かなの、カーディガンなんて巻いてたっけ？」

「あっ、寒くなったから……！」

「……はっはーん、やっぱりあたしの読みはアタリね。──隠れオオカミプリンスに改名かな」

ニヤニヤ笑ったかと思えば、こそっと誰にも聞こえないようにゆっこは伝えてくる。

「へ、変なこと言わないで……！」

「あたしは事実を言っただけだもーん。というより誰を想像したのー？　あたし誰のことかなんて言ってないけどー？」

「っ……、もうゆっこ!!」

こうやってからかってくるんだから。

私の反応が面白い面白いって、入学して話すようになった当初から言われていたっけ……。

　それより隠れオオカミプリンスって……。

　かくれおおかみ……隠れオオカミ……。

　そんなんじゃ……ない、とは言い切れないかもしれない。

「かなのちゃんそっち順調ー？　もし手が空いてたらこっち手伝ってもらってもいーい？」

「あっ、うん……！」

　でも、なんだか一日一日がキラキラしてる。

　今まで地味に目立たず生きてきた私は、同じような毎日をただ繰り返すだけだったのに……。

　関わるたびに櫻井くんの知らない顔を知っていく。

　そうすると、気持ちがどんどん大きく募っていって。

「早川《はやかわ》さん、なにか要《い》るものとかあればーーきゃ……っ！　わ……！」

　とりあえず一段落して、お手伝いに向かおうと立ち上がって向かった私は、なにかにつまづくように体勢を崩してしまった。

よろっと傾いた先──ペンキ色に濁《にご》った水が入ったバケツ。

「うそっ！　かなの⁉」

バシャッ！！

転がったバケツ、飛び散った水。

最初から分かっていたように離れさせられたＰＯＰ。

「おー、また豪快にやったなぁ由比。床拭いとけよー？」

「……はい」

濡れた……。

櫻井くんから借りたカーディガンが、ペンキの付いた水に……。

どうしよう、すぐに洗わなくちゃ……。

「こっちはセーフだけど……かなの大丈夫⁉　なに、引っ掛かった⁉」

「わ、私ちょっと洗ってくる……！　ごめんねゆっこ、それと早川さん……っ」

「あっ、ちょっとかなの……！」

「床もそのあと拭くからそのままにしておいて……！」

浮かれちゃってたのかな……。

それとも、ぼけーっとしすぎた……？

櫻井くんの甘さと優しさに慣れていない私は、とんだ失態を犯してしまった。

サァァと青ざめつつも水道へ駆け出して、カーディガンをすぐに洗う。

「どうしよう……っ、帰ったらすぐクリーニングに出さなきゃ……っ」

嫌われちゃう……。

貸さなきゃよかったって思われちゃう。

素材を傷めないように、優しく揉《も》みこむように濯《すす》ぐ。

和服を扱う家に生まれた私には、知識は十分なくらいに叩き込まれているけれど。

今はそれどころじゃなかった。

「……引っ掛かったんじゃない、」

つまずいたのは、つまずいたけれど……。

でも故意に出されたなにかによって、私はバケツに突っ込んでしまったのだ。

そう――……誰かの足によって。

ゆっこでは無いことは確かで、だってゆっこはそのとき私に背中を向けていたから。

「……だれ……？」

恨《うら》まれ役を買ってしまったのかもしれない。

櫻井くんとは学校でも挨拶はするけれど、噂は少しずつ消えつつあるはずなのに。

私たちは友達なんですって、そんなふうに関わってたはずなのに……。

「それわざとじゃない？　あーもう、こんなときにあたし背中向けてるってどーいうことなのよ！」

「……大丈夫だよ、ゆっこ」

「もー！　見てたらすぐ摘発してあげれたのに……!!」

「うん……、ありがとう」

おかげでジャージ姿。

制服は濡れてしまったし、出来る限り水で色を落としたとしても同じようには着れそうになく。

そのまま帰ろうとしていた放課後、タタタタッとうしろから誰かが駆けてきた。

「ひゃ……！」

ぐわっと肩が引っぱられる。

とっさに出た私の細い声を聞いて、すぐにパッと離れた手。

「あ、ごめんなさい。……由比さん、なにかあったんですか」

櫻井くん登場だ。

できれば今はスルーして欲しかった、見ないふりで乗りきって欲しかった……。

「あー、文化祭の準備でバケツひっくり返しちゃって。それでもうビッショビショ」

代わりに答えてくれた友達。

「え」

いまは私の腰に巻かれていないカーディガンは、手にぶら下げたビニール袋の中だ。

「大丈夫ですか？　怪我とかは、風邪とか引いてませんか？」

「うっわ、隠れオオカミプリンスやさしー」

「……は？」

「ゆっ、ゆっこ……!!」

たまらなくなって口を挟む。

「あっ、ごめん」って、今さらそんな顔しても遅いよ……。

ぜったい聞こえてた……。

は？　って反応してたもん櫻井くん……。

「……誰に、やられましたか」

だけど会話を戻すかのように、櫻井くんは微量に表情を変えながら声のトーンも落とした。

〝やられた〟って言い方……。

やっぱり彼も、わざとされた説を推《お》してるっぽい……。

「それが分かってたらあたしがコテンパンにしてるでしょー」

「いや、それは俺がやるんで」

「いやいや、あたしはかなのの友達だよ？　残念だけど櫻井くんよりかなののこと知っちゃってるんでねぇ」

ちょ、ちょっとゆっこ……？

櫻井くんを煽《あお》るような言い方はだめだよ、ゆっこ。

「……だったら誰がやったかちゃんと見とけよ」

「はー!?!?　とうとう本性現したな隠れオオカミ！！」

「なっ……！　誰が隠れオオカミだよ……!!」

わっ……！

　櫻井くんってそんなふうに顔を真っ赤にさせながら怒るんだ……。

　すごい……ゆっこと互角に戦ってる……。

　でもやっぱりゆっこ強い……！

「じゃあ言わせてもらいますけど⁉　そもそもあんたがハッキリ全校生徒に〝由比かなのは俺のこんやくーー」

「あーーっ‼　もう……っ！　ゆっこ……‼」

　それは言っちゃだめ……っ！

　どさくさに紛《まぎ》れたとしてもだめ……！

　こんなことやってるから周りの生徒たちは足を止めちゃってるし、また噂が立っちゃうし……。

　そうなると被害を受けるのは私だけじゃないの、きっと。

「ひどいよゆっこ……！　櫻井くんも……っ、喧嘩はやめて……っ、みんなで仲良くしようよ……っ」

「ゆ、由比さん、泣かないでください、あぁもうなにやってんだ俺……」

「あーあ、泣かせちゃったぁ。よしよし、おいでかなの」

おろおろと戸惑う櫻井くんにドヤ顔を振りまいたゆっこは、私を抱き寄せた。

ぽんぽんと頭を優しく叩いてくれる。

「ごめんねぇかなの、隠れオオカミプリンスが思った以上にヘタレだったからさぁ」

「櫻井くんはヘタレじゃないよ……！　仲良くしてね……っ」

「うんうん、でも優しいのはあんたにだけってことが今ので分かったんじゃない？」

「――……え」

今だって私を抱き寄せるゆっこに対して敵対心を全身から出しているのは……櫻井くん。

周りの声なんか気にすることなく、私を心配してくれるのも櫻井くん。

また私が泣いてしまったことに自分を責めまくっているのも櫻井くんなのだ。

だとしてもだ。

「ほら、優子ちゃんとも話してるし大丈夫じゃない……？」

「でも櫻井くんとあそこまで話せるなんていいなぁ」

「ね、でもやっぱりあそこに由比さんが混ざってるのは違和感だよねぇ～」

私と櫻井くんが少しでも関わった瞬間、こういった声は毎日のように飛び交っている。

「由比さん」

なんとか涙は引っ込んで、すぐに退散しようと意気込んだ私に近づいたのは櫻井くんだった。

とんっと両肩に手を置くようにして顔を覗き込んでくる。

「帰ったらまずは温かいお風呂に入ってください」

「っ、うん」

「これ以上からだを冷やさないように……なにかあったら俺に連絡してくれていいんで」

「……うん」

スマートフォンには櫻井くんのアドレスはちゃんと登録されていて。

メッセージアプリのほうにも入っている。

けれどあまり使ったことはなかった。

毎日のように学校で顔を会わせるし、それ以外で連絡をする必要が無かったから。

たとえ婚約者だとしても、そこを意識して連絡するほうが恥ずかしい。

「あの……櫻井くん」

　返事はなかったけれど、屈《かが》みこんでくれる。

　一七二センチ程だという櫻井くんとの身長差は十五センチ以上二十センチ未満。

「カーディガン……もし汚れが取れなかったら、新しいの買うので……でも、本当にごめんなさい……」

「……許さないです」

「はあ？　かなのがこんなに謝ってるのに⁉　それにわざとじゃないしっ」

　すかさずツッコミを入れた、ゆっこ。

　めんどくさい……なんて言うような櫻井くんの据《す》わった目つき。

「俺はいま由比さんと話してる。お前じゃない」

「なっ……、ムカつく……。あたしこいつ嫌いだわ」

「それは良かった。俺も同じ」

「はーーい――⁉」

　だから仲良くしてよ……二人とも……。

　どうして喧嘩しちゃうの……？

ゆっこも櫻井くんも、本当はすごく優しいのに……。

「由比さん、でも許すので……俺のお願いをひとつ聞いてくれませんか」

「お願い……？」

私が聞ける願いなら聞きたい。

カーディガンのことはやっぱり怒ってるみたいだ……。

あのとき転ばないように私もできたんじゃないのって、過去の自分も責めておく。

「……スカート……、やっぱり、元の長さに戻してくれませんか」

「へ……？　スカート……？」

「もし階段とかで覗かれでもしたら……俺たぶん、そいつを半殺しにしてしまうと思うんで」

どういうこと……。

なんでスカートだけで人が生死を彷徨《さまよ》うことになるの……？

でもやっぱり、やっぱり……。

櫻井くんは人よりすこーし、過保護なところがあるみたいだ。

「う、うん……！　戻します……！　明日からっ、いつものスカートに……！」

「……ありがとうございます」

櫻井くんがお礼言うことなんてないのに。

じっと見つめてみると、ぷいっと顔を逸らされてしまった。

「うーーわーー、隠れオオカミぃ……。かなのが鈍感で良かったねぇ、隠れオオカミプリンス」

「……お前が男だったら俺は打ち込み台にしてる」

「ちょっ……！　なによそれ……!!」

「だから喧嘩はだめ……っ」

また新しい櫻井くんの顔が見れた。

ただ、私を引っかけたクラスメイトが誰なのかって不安はあるけれど……。

でももしそんな人がいま現れたとしても大丈夫だって安心があるのは。

きっと櫻井くんが隣に居てくれるという確信が私の中に生まれつつあるからだ――。

校内中どこもかしこも、賑やかさをもっともっと盛り上げる音楽が流れていて。

流行りのJ-POPに、若者が好むK-POP。

どこを歩いても広がる甘い香り、香ばしい匂い、はしゃぐ子供たちに中学生、他校の高校生。

お父さん、お母さん、中にはおじいちゃんおばあちゃんまでもが来ていたり——な、文化祭当日。

『ごめんねぇかなの……。今日もお母さん達ちょっと忙しくてね……』

「ううん、大丈夫。写真とか撮れたら送るね！」

『送って送って！　ちゃんと顔付きで送るのよ？』

『お父さんも応援してるぞ！　かなの！』

応援って……なにもしないんだけどな……。

するとすればクレープを作るクラスメイトのうしろで雑用だ。

「うん、ありがとう」

年に一回開催される新しい着物を披露するコンテストにて、由比グループは必ず名を揚《かか》げていて。

それだけじゃなく、有名な歌舞伎界で使われる和服の製作を頼まれたり、ドラマや映画で使われるものを作ったり。

毎日毎日大忙し、おかげさまで大繁盛しているらしい。

だから今日だって、忙しいんだろうなって分かっていたから誘わなかった。

お母さんお父さんと交わした一本のビデオ通話だけでも私は大満足だった。

「かなのー、客寄せ行くよー？」

「……」

「ちょっとかなのー？」

「あっ、うん……！」

次から次に出るゴミをまとめながらも、私はひとりの男の子を待っていた。

来るかな……？

本当に来てくれるかな……？

そわそわと待っていたけれど、彼のクラスはお化け屋敷。

出し物の中でもかなり人気のはずだから忙しいのかもしれない。

「一年Ｂ組、フルーツたっぷりクレープ販売してまーす！　一口食べたらやみつきでーす!!」

看板を持ったゆっこは、まるで恥ずかしさのかけらもないくらいにお腹から声を出した。

「ぜ、ぜひ来てくださーい」と、私も無意味な発声をぽつりぽつりと。

櫻井くんを待ってるだけでなにもしないわけにもいかないから、とりあえず私も客寄せに同行することにして。

「ねぇお化け屋敷にいる人めちゃくちゃイケメンじゃなかった⁉」

「あの黒いマント着た人でしょ⁉」

「そうそうっ！　ねぇもう一回行こっ‼」

お化け屋敷にいる、黒いマントを着たイケメン……。

たったそれだけで脳内にほわわわ〜んと、イメージ像が浮かんでしまうからすごい。

通りすぎる女の子たちの声を聞いて「本性は隠れオオカミプリンスのくせに」と、ゆっこは鼻で笑った。

「黒いマント着てるんだ……」

なんのお化け役をするの？　と、すこし前に聞いてみたとき。

櫻井くんは「秘密です」の一点張りで教えてくれなかった。

あとで行ってもいいかな……。

怖いものは苦手だけど、お化けのひとりが櫻井くんだと思えば怖さが半減してくれる。

「ゆうこ……？　ねぇ優子じゃない……⁉」

「えっ、やだサキぽん⁉　めちゃくちゃ久しぶりじゃん‼」

「そうじゃん優子ここの高校だったよね……‼」

と、ゆっこの知り合いらしき数人の女の子は私たちを囲った。

これは静かに退散したほうがいいかも……。

こういう再会を果たしてる生徒はたくさんいたし、きっとゆっこもそのひとり。

「あたしの中学の同級生なのっ！」

「そうなんだ……。じゃあ私は教室に戻りつつ代わりにやっておくね」

「ありがとっ！　かなの！」

ううん。

久しぶりに会えたなら話すこといっぱいあるだろうし、すこしくらいサボったって

バレやしない。

文化祭なんだもん。

それに私は一年A組が気になってたりして……。

「覗くだけなら……いいかな、」

自分のクラスに戻るついで、サラッと。

そんな高度なテクニックができるか不安だけど……。

「キモいんだよブス、消えろ」

――……え……？

くるっと振り返ると、もう人混みに紛れてしまっていて分からない。

「私に……言った、よね……？」

たとえば友達同士の会話がたまたますれ違ったときに聞こえたとか。

そういうの、よくあるから断言はしたくなかったけれど……。

でも今の会話を友達同士でするって……そんなのただの喧嘩だ。

「気のせい……？」

たまたまそう聞こえただけ……？

キモいんだよブス、消えろって。

ちがう、気のせいなんかじゃない。

それはもうハッキリ聞こえた。

「あーー!!　おまえ由比だろ……!!」

「……！」

そしてまた、足止めを食らってしまう。

階段付近で呼ばれた名前に振り向くと、そこには思い出の中にあるより身長が伸びている人。

「俺のこと覚えてる!?」

「……晴哉《はるや》、くん……？」

「そうそう！　おまえぜんぜん変わんねーな由比！」

ぽんぽんと私の頭に手を乗せてくるのは、小学校から中学まで同じクラスだった男の子。

こうして頭を叩いてくるのは決して、女の子が憧れるシチュエーションをしているわけじゃなく。

「ぎゃはは!!　背丈も変わんねーわ！」

「……」

こうやって遊んでくるだけなのだ。

私は小学生の頃から晴哉くんのおもちゃ的な扱われようで。

……変わっていないのはあなたです、と。

小学生から内面の成長が止まってるんじゃないかなぁと。

「わ、わたし急いでるから……っ」

こんな再会はいらない……。

はやく櫻井くんのお化け姿を見たいのに……。

ここは逃げようと思っていると、なぜか私の手が掴まれていて。

「ちょうど一緒に来てた友達とはぐれちまったんだよな！　案内しろよ由比！」

「ま、迷子センターは受付にあるから……！」

「いいじゃん！　俺たち幼なじみみたいなもんだろ！」

ちがう、幼なじみなんかじゃない。

ただ同じクラスだった割合が多かっただけ。

だから高校で離れたとき、まずはすごい解放感があったんだよ。

自由だーって思ったの。

「離して晴哉くん……っ！」

お化け屋敷行きたかったのに……。

こんなところで時間を費やす予定でもなくて。

教室に戻ったら「どこ行ってたの」って、クラスメイトに仕事を増やされちゃうかもしれない。

「――っ！」

そんなとき、背中に迫り来る影。

黒い影が飲み込んでしまうように私たちのうしろに現れて。

「おわっ……！　ビビったぁ……」

「ス、スクリームだ……」

まるでムンクの叫びのような。

ひょ〜〜！　なんて声が出てきそうな仮面を取り付けた、真っ黒なマントに包まれる存在が私に自由を与えてくれた。

「だ、だれ……ですか……？」

私と晴哉くんの手を離してくれた彼に問いかけてみても、そのスクリームさんはコクッとうなずくだけだった。

「きゃっ！」

「あっ！　由比……！　おいどこ行くんだよ変なやつ……！」

追いかけてくる晴哉くんなんて相手にしない。

私の腕を引いて人混みに紛れてゆく、スクリームさん。

「あの……、えっと……どちら様ですか……？」

そしてまた返事もなく。

目当ての場所があるかのように、どこかへ足早に向かっていく背中。

黒いマント……幽霊……？

それに、掴まれた手の温かさ。

「さ、櫻井くん……？」

確信だと思う。

彼じゃなかったら逆に誰なのって不安になってくる。

止まることはなかったけれど、私が名前を呼んだ一瞬に掴む力が加わったから。

ガラガラガラ――ぴしゃん。

そこは視聴覚室A。

この文化祭では使われていない教室のひとつ。

「櫻井くん……だよね……？」

「……」

「お化けは喋っちゃだめな設定なのかな……？　でも今は誰も見てないから……」

「……」

本当に本当に櫻井くん……？

あれ、どうしよう不安になってきた。

だってここまで呼んでも返事がないのは初めてだから……。

それに、さっきあった出来事を思い出すと恐怖も少し出てくる……。

あんなにも冷たい言葉を言ってきた人は誰なんだろうって。

すると、傍《そば》にあった椅子にぽすっと腰を下ろしたお化けさん。

「……由比さん、」

「っ！」

それだけで安心感がぶわっと広がって、思わず手を伸ばして仮面とフードを取ってみる。

「ふふっ、櫻井くんだ」

仮面の下から、すっごく格好いい人が現れた。

サラッと柔らかそうな黒髪が揺れて、無造作に跳ねる毛先が可愛くて。

「ど、どうかしたの……？」

だけどいつもより元気がなさそう。

表情はあまり変わらないけど、目線とか、眉の感じとか、空気感とか。

「……さっきの」

ようやく口を小さく開いてくれた。

本当なら聞こえない音量だけど、ここは誰もいないから伝わってくる。

「さっきの男……誰、ですか」

さっきの男って……。

晴哉くんのことだ、絶対そう。

「あっ、えっと、小学校からの同級生で……」

「……仲良さそうにしてたから、あの人のこと好きなのかなって……思いました」

「え、ちがうよ……!? それだけは絶対ないです……！」

それだけはない。

仲良さそう……？　本当にそう見えたの……？

それに好きでもないのに……。

むしろ櫻井くんに来てもらえて、本当に本当に助かって。

来てくれなかったらどうなっていたのかと考えると顔がくもる。

「ここ、乗ってください」

「……え」

ここって、お膝の上……？

まるでそれをしたら信じます——なんて、ちょっとズルいことを言われたみたいだ。

ぽんぽんと自分の膝を叩く櫻井くんは、無表情だけど……。

やっぱりいつもと違う甘さがあるっていうか、声だって少しかすれていて。

「……嫌、ですか」

「う、ううん……、は、恥ずかしくて……っ」

「俺も恥ずかしいです。……けど、乗ってほしい」

「っ……」

しきたりとか、仕方ないとか。

今までは櫻井くんと関わるたびに背中に貼り付くように、そんな文字が浮かんでいた。

けれど今は考えてすらなくて。

この空気感だけを受け止めて、目の前の優しくて切なそうな顔だけを見て。

「わ」

「……もっと、くっつけますか」

「っ……、うん」

そっと向かい合うように乗ると、すぐ腰に腕が回された。

「くっつけますか」と聞きながらも引き寄せてくるのは櫻井くんで。

「お、重くないですか……っ」

「軽すぎます。もっと食べてください」

「えっ、でも食べすぎると太っちゃうから……」

「俺はどんな由比さんも……いいと思います」

抱きつくこともできず、顔を合わせるわけにもいかず、だけど身体を離そうとすれば引き寄せてくる。

もどかしくて、間がほんの少し空いた距離。

お互いの声がすぐに反射して、跳ね返ってくる。

「なにか、ありました？」

「え……」

「なんか……由比さんの笑顔がいつもと違うから」

「……」

あんなの、気のせいだ。

たまたまそう聞こえただけ。

あんなにもたくさんの人で賑わいを見せていたんだから。

「……うん、緊張……しちゃってて」

「本当ですか……？」

「うん」

消えろ、なんて。

そんな危ない言葉は使っちゃだめ。

いちばんはその刃がいつか私の大切な人たちに向かってしまうのは、絶対にだめ。

「……クレープ、食べに行ってもいいですか」

「クレープ……？」

「はい、俺ちょうどいま休憩なんで」

この体勢と色んなことに、ほわわわっと意識が朦朧《もうろう》としちゃってた……。

ぱちんっと戻ってくると、私は客寄せをした教室を出ていたことを思い出す。

……戻らなくちゃ。

今頃ゆっこは探してるかもしれない。

「……だけど、もう少し」

「ひゃ……っ」

「……あの、それは駄目です」

だめって、耳元でわざわざ話す櫻井くんも櫻井くんだ。

そんなの私のセリフなのに……。

だめなのは私も同じ。

もう心臓がどうにかなってる。

「っ……、こ、これ被って櫻井くん……！」

「えっ、ちょ、……。」

だめ……、こんなに近くで見つめ合うなんて無理すぎる……っ。

サッと、スクリームのお面を取り付けた。

「そのあとは……櫻井くんのクラスのお化け屋敷にも行きたいな……」

「駄目です」

「えっ、どうして……？」

そのお面って、ちゃんと中から見えてるの……？

外側からは良く分からないから、思わず探るように覗き込んでみた。

「っ……！」

すると、甘く見つめてくれる瞳が暗闇の中にあって。

バチッと重なってしまった。

「……由比さんがお客さんとして来たら……俺は全力で驚かさなきゃいけないから。

それで怪我とかしたらどうするんですか」

「さ、さすがにそれはないよ……」

「それに、驚かす他のお化けを俺は蹴散《けち》らしてしまうかもなんで」

「……」

どういうことなの。

櫻井くんって、なんかこういうところがある。

本気なのか冗談なのか分からないのに、無表情だから本当なの……？　なんて思っちゃう。

でもそれはぜんぶ共通したものからきていて。

そう——……過保護だ。

「過保護すぎるよ……櫻井くん」

「……だからこれは実は過保護じゃないんですよ」

「ううん、すっごく過保護。私はもう高校生だよ……？」

今だって見方を変えれば抱っこみたいになってる。

櫻井くんが過保護だから、感覚が変わってきちゃうの。

同い歳なのに……。

「……す、……大切な子を……守りたいだけです、俺は」

それからどうやって櫻井くんの膝から降りたんだっけ、とか。

〝す〟って最初言いかけてたのは気のせいなのかな……とか。

落ち着いて考えることができたのは教室に戻ってから。

「お！　櫻井じゃん!!」

「かずえ！　ふはっ！　お前ほんとにお化けやってんの！」

「さ、櫻井くんっ、はい！　これメニューね……！」

スクリーム姿で一年B組に現れた櫻井くんにびっくりしているクラスメイト。

「かーーなーーのーー!?　あんた看板持ってどこまで行ってんのよ……!!　あたしめちゃくちゃ探したんだけど!?」

かなりの時間をサボってしまってゆっこにキレられて、以後は雑用をこなす私。

そんな私をずっと見ていた櫻井くん。

ごみ捨てをする子を見ながらクレープを食べるのなら、窓から見えるグラウンドを見たほうがいいんじゃ……なんて申し訳なくなって。

――カシャッ。

「……えっ」

ポーカーフェイスで構えられたスマートフォンのレンズは私を捉えていた。

ナチュラルに、それはもう自然に、だから周りのクラスメイトもほとんどが気づいていなくて。

――ピロンッ。

すぐに私の元へ初めて彼からメールが届いた。

〝今度は由比さんと一緒に撮りたいです〟と、メッセージ付きで添付されていた一枚。

『……これは……ゴミの分別をしてるのかしら……？　頑張ってたのねぇかなの。でもお母さん、ちょっとイメージしてた写真と違ったんだけど……』

「ふふっ、あのね、これ……ある人が撮ってくれたの」

『――……よく撮れてるじゃない。うん、かなのの良さが全面的に出てるわ』

それを見つけてくれた人は、私のちょっとだけ過保護な婚約者です。

膨らむ気持ち

『電車がもし混んでいたら避けてください。時間をずらして、俺のほうは大丈夫ですから』

『あと絶対に厚着してきてくださいね。一応ストーブは用意されてるとは思いますけど、応援席はきっと寒いんで』

『それから万が一不審者と遭遇したときは、とりあえず周りの人に知らせてください。ひとりでどうにかしようと思うことだけは絶対に駄目ですよ。いいですか？』

だんだんボリュームたっぷりになってゆく注意事項。

まるで説明書を最初から最後まで読み聞かせられてるみたいだった。

うん、うん、はい、わかりました。

そんな返事を繰り返したのは、当日の今日から戻って先週あたりから。

「よかった……、ちゃんと到着できたみたい……」

区が設立した体育館。

袴姿の高校生が散らばる中、私の緊張感も上がってくる。

「――由比さん！」

「あっ、櫻井くん！」

慣れない体育館に入ってキョロキョロ見渡していると、いちばん目立っていそうな男の子が小走りに向かってきた。

「危ないことはありませんでした？　変なやつとか」

「うん。大丈夫でした……」

「よかった……。席、俺こっち取ってあるんで」

十二月に入って最初の土曜日。

私がどうしてこんな珍しい場所に居るのかというと……。

良かったら試合を観にきませんか――？　と、それは初めて櫻井くんから誘われたものだった。

「ここならよく見えるんじゃないかなって」

「え、こんなに前の席……いいの……？」

「はい、由比さんのために確保しておいた特等席なんです」

そんなことを言われてしまって嬉しくないわけがない。

朝からいっぱい心配してくれて、今朝だって試合があって忙しいのは櫻井くんなのに、電話とメールの両方をしてくれた。

小さく「ありがとう……」と返すと、少しだけ櫻井くんをまとう雰囲気が解《ほぐ》れたように感じる。

「個人戦だから俺ももう少し時間あるんで……」

そう言いながら照れたように隣の椅子に座った櫻井くん。

会場となっている体育館には、色んな学校からの剣道部が集まっていて。

家族一丸となって応援していたり、選手は甲高くも力強い声を発していたり。

見ているだけで胸が熱くなってくる。

「俺、今日は由比さんのために……優勝します」

「えっ、優勝……？」

「はい」

言い切ってしまった櫻井くんの腕は、それくらい自信があるものなんだろう。

確かに有名な剣道家の元に生まれて、たまにテレビ取材だってされている。

小学生のときから何度も優勝を果たしていると前に教えてくれたり、全国大会は当たり前のことだと。

「でも……先輩とかと戦ったりするんだよね……？」

「そうですね。でも俺、小学生のとき高校生と戦ってたくらいなんで……もう慣れたものっていうか」

「……すごい」

そんなことをサラッと言えてしまえる人生を一度でいいから経験してみたかった。

胸を張って言えることがあるのは誰が見てもすごいし、憧れる。

櫻井くんは自慢というものにすることなく、表情を変えずにいつも通りに言ってしまう。

でも、そんな中にも謙虚さが垣間《かいま》見えて。

鼻につくって言われてしまった私とは反対で、鼻につかないってこういうことなんだろうなぁ……。

「まぁ、厄介《やっかい》な怪我さえしなければ勝てます」

「お、応援……してます、頑張って櫻井くん」

「ありがとうございます。……か」

……か？

櫻井くん、まだ言いかけてる……よね？

「か、……かなの」

「……！」

「……さん」

こてんっと、頭に小石が飛んできたみたいな気持ちだった。

まだ呼び捨ては無理みたいで、敬語も取れないみたいで。

だけどそんな櫻井くんを見ると自然と頬がゆるむ。

「……かなの、さん」

「ふふっ」

どうしよう……櫻井くんが、かわいい。

すっごくピュアなの……。

私も人のこと言えないかもしれないけれど……櫻井くんを見てると頑張れって言いたくなる。

いつも学校でみんなに見せる顔とは別人にも思える表情ばかりで。

「じゃあ俺、そろそろ行きますね」

「うん、頑張ってね。……か、かずえくん」

「……！」

ぼそっとつぶやく。

恥ずかしくなってお見送りを素早く済ませると、せっかく立ち上がった櫻井くんがストンッと座り直してしまった。

「……えと、あの、……なんか聞こえづらくて」

「……え」

「聞こえづらくて、もう一回……言ってもらわないと……」

「あっ、えっと……頑張ってね」

「……」

すると沈黙。

なにかを待っている櫻井くんは、じーっと見つめてくる。

「が、頑張って……」

「……」

「がんばって……ください」

「……」

あれ……？　ちがう……？

もういっかい応援の言葉が欲しいんじゃないの……？

えっと……どうしよう。

察するの私。

無表情だけど、櫻井くんが何を思って何を求めてるのかを読み取らなくちゃ。

「ふぁ、ふぁいと……！」

「……ふは……っ」

「え、」

「ははっ、あははっ、ふぁいとって……！」

うそ、どうしよう。

こんなに笑ってくれるなんて、動揺よりも驚きよりも心の準備が出来てなかった……。

周りの女の子たちも、レアものが見れたようにガン見してる……。

「なんか逆に気合いが入りました」

「え、ええと……」

「本当はもう一回……名前を呼んで欲しかったんです……けど」

「……あっ！」

なにしてるの、私のバカ……。

考えなくても分かったことだ。

それなのに「ふぁいと」って……。

どうしよう時間を戻したい……っ。

「……勝ってきます」

「っ……！」

すると私の右手を一緒に握るように重ねられて、ぎゅっと力が込められた。

放心状態になりつつも顔を向けてみると、コクッとうなずいて応えてくれる。

「か、かっこいい……」

「っ！　い、行ってきます」

「あっ、えっ、声っ⁉　あっ、わっ」

出ちゃってた……よね……⁉

言っちゃった……。

言っちゃった……!!

どうしようとんでもないことを言ってしまったような気がする……!

「がんばれ——……主計くん」

小さく小さく、背中を向ける紺色の道着へ送った。

袴姿だって、照れたような顔だって。

私の名前を頑張って呼んでくれるところも、それなのに敬語なところも、人気者なのに媚《こ》びないところも。

私なんかに声をかけてくれて、仲良くなりたいって、そう言ってくれて……。

「——はじめっ!!」

両者が竹刀を合わせて座ると、審判は声を張って合図した。

間合いをすぐに詰める両者。

防具を身につけて竹刀で立ち向かう姿は本当にお侍さんみたいだ……。

「ヤァアアーーッーーー!」

「オォォアァアァーーーーー!」

まるで動物同士がお互いに威嚇《いかく》し合っているみたいだった。

相手に気迫を示したり、自分自身を鼓舞《こぶ》したり、理由は様々なんだろう。

すごい……。

普段の櫻井くんの声からは想像も出来ないくらい野太くて高くて低くて、それでいて雄を感じる。

パシッ！　パシ――――ッ！

胴に面に、お互いが打っては引いて、押し合って弾《はじ》いて。

「すごい……、櫻井くん押してる……」

肉眼では追い付けないスピードに、手に汗をにぎる思いで釘付けだった。

私がそれまで持っていた剣道のイメージは「メーンッ」って本当に言うのかと思っていたけれど、実際はそうではないらしい。

バッ!!と、揚げられた白旗の回数は三回。

「ねぇあとで櫻井くんに声かけてみようよ！」

「えぇ～、でも相手にしてくれないって有名だよ？」

櫻井くんが勝ち進めば勝ち進むほどに、応援席から見ていた女の子たちは騒ぎ出す。

やっぱり他校の子にも人気なんだ……。

モヤっ。

「……？？？」

いま、モヤって。

……モヤって……した……？

試合が終わって、丁寧に正座をしながら防具を外す櫻井くんを見るだけで背中から黄色い声が上がって。

ちょっとだけ私がいる方向の応援席を見ただけで、「きゃーーっ」なんて声援まで。

彼の人気度と知名度は並々ならぬものがあるらしい。

「つぎ勝てば決勝だ……」

それからたまに応援席に戻ってきてくれたから、少しだけ会話を交えた。

すごかったことをたくさん伝えたいのに、格好よかったって言いたいのに、他校の女子生徒から話しかけられてしまって中断。

そしてとうとう準決勝まで進んだ櫻井くん。

余裕そうな落ち着きようで、試合場で防具をはめた。

「ウォォォオオオオーー！！」

「ヤーーッ！！　アァア――!!」

やっぱり上へ上へと進んでいくと、相手はみんな高校三年生。

櫻井くんは平均的な体格なのに、他の剣道部の人たちに比べると線が細くて。

柔道部とかじゃないの……？　と思ってしまうくらい、今度の相手はガタイの良い人だった。

「がんばって櫻井くん……」

ぎゅっと膝の上でこぶしを作る。

もちろん勝ってほしいけれど、なにより怪我をしないでって心配のほうが大きくて。

さっきも足を踏み外して棄権《きけん》してしまう選手もいたから……。

さすが準決勝、今までより相手も手強《てごわ》く、なかなか一本が取れない状況だった。

そんなとき――、
詰め寄った片方は何かを仕掛けて、もう片方はぐらっと体勢を崩す。

「えっ、ねぇいま足蹴ったよね……？」

「だよね!?　あんなのめちゃめちゃ反則じゃん……！　大丈夫かな櫻井くん……」

体勢を崩したほうは櫻井くんだった。

確かに相手が無理やり詰め寄って、足を〝かける〟んじゃなく〝蹴る〟と言ったほうが正しいほど怪しい動きをしていた。

「うそ！　審判ぜんぜん対応しないんだけど……！」

「ちょっとーーっ！　今のぜったい反則でしょ……!!」

蹴られて、捻《ひね》ったよね……？

それでも何事も無かったかのように櫻井くんが続けていることもあってか、試合は続行だった。

私のうしろで櫻井くんのファンと化してる女の子たちがブーイングのようなことをしても、選手たちの叫び声に消えてしまう。

「きゃーーっ！　櫻井くん格好いい～～!!」

「さっすが櫻井くん……！　あんな反則くらっても勝っちゃうなんて……!!」

私は「さすが」とは思えなかった。

きっと無理している櫻井くんは、痛みを我慢してまでも勝利するために身体を酷使したんじゃないかって。

勝ってもらえて嬉しいはずなのに……本音は複雑だったりもして。

だって次は決勝だから、いま以上に無理をするに決まってる。

「櫻井くん……！」

「……由比さん、」

決勝前に余った時間。

会場外の目立たないベンチに座っていた櫻井くんは、やっぱり左足を気にしていた。

「あ、足……大丈夫……？　みんな反則だって騒いでたから……」

「……平気です。ちょっとズルいなとは思ったけど」

やっぱりあれは反則行為だったんだ……。

それならどうして審判さんは公平なジャッジをしてくれなかったんだろう……。

モヤモヤした思いを抱えていると、「剣道は判定が難しいんで」と優しく答えてくれる。

「でも勝った。次も勝って、俺は優勝を由比さんにあげますね」

だめ、そんなのだめ……。

もう櫻井くんは私の中で一番だよ。

だから棄権して、そうしないと櫻井くんが無理をすることになっちゃう――。

そう言いたいのに、目の前にある青紫色に腫れあがった足首に意識は奪われてしまった。

「どうしよう、はやく手当てしないと……っ」

「由比さん」

「っ」

そっと私の頬に当てられた手のひら。

そのまま上を向かせられると、見下ろしてくる瞳は私に何かを伝えようとしていた。

「俺、これで優勝したら……由比さんに伝えたいことがあるんだ」

敬語が取れた。

それまで合わさっていた櫻井くんの目とはまた違うものが目の前にあって。

きっと櫻井くんはこういう大会で、こういった場面は慣れっこなんだ。

だから今回も同じって、いつもの通りにやれば問題ないって。

彼からは誰にも負けない自信のようなものが見えるのに、私の目にはやっぱり心配にも映るのだ。

負けてしまうことに、櫻井という名を汚《けが》してしまうことに怯えている部分もあるのかなって。

だから何としてでも勝つ、たとえそれが自分の身体を苦しめたとしても——。

櫻井くんからは、そんなふうに伝わってくる。

「だから絶対に勝ちたい。……なのでこのこと、顧問にも秘密にしておいてくれませんか」

冷や汗を拭うように、彼にしては珍しい顔だった。

優しい中に焦りもある顔で。

そんなの放っておけない……。

だから無意識にも櫻井くんの袖をくいっと掴んでしまってた。

「由比さん？」

「っ、櫻井くんは……格好いいよ」

「……」

どんな姿の櫻井くんも、格好いいよ。

私も同じだから分かるの。

代々有名な家柄に生まれると、それを守るために、継ぐために必死なの。

私だって周りから固すぎて真面目すぎるってずっと言われてきたけれど、本当は髪を染めたりもしてみたい。

だけどそれは由比家の娘として出来なくて、ちゃんと家柄を守るために貫かなきゃいけないことで。

「っ、わ、私は……どんな櫻井くんだって……、すっ、す――」

「由比さん、駄目」

「っ……」

止められたはずなのに。

「言わないで」と、断られたようなものに近いはずなのに。

なのにどうしてか身体の芯から、奥の奥から、全身に向かって熱が込み上げてくる。

「その先は――……俺が優勝して言いたいから」

もう認めざるを得なくて、私は、この人のことが好きなんだと。

婚約者とか、しきたりとか、そういうものは一切考えないで。

怪我をしてしまったのに、私のために優勝しようとしてくれて。

嬉しいのに心配で、そんな姿すら格好よく映ってしまって。

その先の言葉に期待している私は。

ただ、櫻井くんのことが好きなんだって。

彼に恋する、ひとりの女の子でしかないんだって。

《男子個人戦、まもなく再開いたします。決勝戦の選手は会場にお集まりください》

放送からアナウンスが響く。

反応できない私を優しく見つめてから、櫻井くんは表情を変えてゆっくり立ち上がった。

彼の決勝戦を見逃すまいとする観客席では、一般客に混じって選手たちも並ぶように注目していた。

「ではこれより男子個人戦、決勝戦を開始いたします！」

みんな、みんなが見ている。

女の子だって男の子だって、保護者だって。

さっきはあんなにもすごい試合を見せてくれたんだから大丈夫だろうって。

今回はどんな試合を見せてくれる？　なんて期待の眼差しで。

「――はじめっ！」

やめてほしい、無理しないでほしい。

だけど勝って、おねがい勝って。

でも負けたとしても好きな気持ちは膨らむばかりなの、きっと。

「ねぇやっぱり足庇ってない……？」

「あれ負けるんじゃねーの、櫻井だっけ」

「わりと押されてるよね……？　えぇ～、なんかショック～」

いいでしょ、負けたって。

負けたらだめなの……？

完璧な櫻井くんじゃなきゃだめ？

せいいっぱい戦ってる。

怪我を庇ってまで、戦ってる。

「――……さくらい、くん」

会場が湧き立った。

誰もが目を見張る決勝戦、どちらも譲らない試合はなかなか決着がつかず、勝敗は判定決めとなった。

相手は同じ高校の、櫻井くんの先輩で剣道部の部長さんだった。

個人戦の場合、仲間同士で戦うことはよくあることらしい。

粘った、耐えた、彼は最後まで諦めずに戦い抜いた。

それでも最終的な判定で旗が揚げられたのは――三年生の部長さん。

「櫻井、どうして言わなかった」

「……平気だと自己判断したからです」

「これ以上の負担をかければアキレス腱《けん》が断裂してたところだったんだぞ」

「……すみません」

試合は終わって、二位という輝かしい結果の櫻井くんの表情は分からないままだった。

それから片付けが行われて、それぞれミーティングのようなものが開かれて、体育館が広さを取り戻してきた頃。

応援席の端に座る櫻井くんを囲った人数は目で数えられるほどだった。

顧問の先生と、三年生の部長さん、マネージャーの横山さん。

そして応急措置をしてもらった左足を見つめつづける櫻井くんから、すこし離れた場所に立つ私。

「怪我を甘く見るな。下手したら一生剣道できない足になってた可能性だってあるんだ」

「……それでも俺は優勝したかったんです」

「自分の身体を壊してまでも、周りに嘘をついてまでもする優勝は……嬉しいのか？　俺は怪我した仲間に勝って手に入れた優勝なんか……嬉しくない」

顧問からバトンタッチするようにして彼を黙らせてしまったのは、櫻井くんに勝って見事優勝を果たした部長さんだった。

彼もまた、まさか相手の後輩が怪我を庇いながら挑んだ試合だったとは思っていなかったのだろう。

悔しさの残る声だった。

三年生にとってはひとつひとつが最後の試合、やはり櫻井くんの今回の判断には納得していないようだった。

怪我を隠そうとした後輩に現実を見せるように厳しい言葉を送っていて。

「けど、気づいてやれなかった俺も俺だ。悪い櫻井」

「いえ、俺が言わなかったのが悪いんです」

「団体戦は代わりを出す。無理せず治せ」

「……はい」

部長さんはそれだけ言って、顧問の先生と一緒に離れていった。

けれど戻ろうとしなかったのはマネージャーの横山さん。

ずっと静かに考え事をしていて、視線がとうとう移されたと思えば——その先にいたのは私だった。

「あんた、知ってたんじゃないの？」

「先輩、由比さんは関係ないですから」

「関係ある。前も勝手に道場に入れてたじゃない、櫻井」

櫻井くんが庇おうとしても鋭い目は近づいてくる。

逃げるわけにもいかないから、そんなことができる空気感でもないから。

私は震える目を合わせた。

「ねぇ、もうここまできたら隠すほうが無理って分かるでしょ？　下手したら櫻井は一生剣道できなくなってたかもしれないのよ⁉」

「っ、」

「先輩！　由比さんは――」

「だまって櫻井!!」

私がもしちゃんと止めていたら、ちゃんと言っていたら危ない橋を渡らせずに済んだのかもしれない。

まさかアキレス腱断裂の危険があったなんて……。

悪化させる前に気づけたのが、不幸中の幸いだった。

「ご、ごめんなさい……」

「やっぱり……。なんで止めなかったの……⁉」

「そっ、れは……」

勝って欲しかったとか、格好いい姿を見たかったからとか。

彼にお願いされたからとか。

本当はそんなのじゃなかった。

本当は、優勝した先にある彼からの言葉を聞きたかったからだ。

その言葉が早く欲しくて、私は櫻井くんの安全より自分の欲を取ってしまったのだ。

「アキレス腱が断裂したら全治までどれくらいかかるか知ってる⁉　ひどい場合は最悪歩けなくなってたところだったのよ……⁉」

「っ、すみません、……櫻井くんが大丈夫だって言ってたので、信じたくて」

「なにも知らない素人のくせに勝手な判断しないで！！」

「っ……」

櫻井くんのために、こんなに必死に怒ってくれてる——……。

それはマネージャーとして誰よりも彼の身体のことを心配しているからだ。

なのに私は……自分を第一に考えて、自分の欲を優先させて。

「ごめん……なさい……っ」

目の前の顔がなによりも怖くて、ふかくふかく頭を下げた。

「もう櫻井には近づかないでくれる？　また同じことされたら困るから」

そんなの……嫌だ。

やっと、やっと自分の気持ちに気づけて、伝えたいことたくさんあるのに……。

もう近づいちゃだめなんて……。

「あんた、テーピングの巻き方すら知らないでしょ？」

知らない……。

着物の着付け方と、お茶を立てるくらいしかできない。

こんなのが彼の婚約者……？

そんなの誰が納得するの……？

今だってすごくお似合いだ、横山さんと櫻井くん。

「――婚約者なんですよ」

どうにか涙を出さないようにぎゅっと閉じてしまった目は、響いた言葉に開いてしまう。

私の目と、横山さんの目。

それは応援席に座って、ずっと黙っていたひとりの選手へと向いてしまって。

「……こん……やく、しゃ……？」

「はい。かなのは俺の婚約者です」

「……なに……言ってるの……？」

そう、これが普通の反応なのだ。

今の時代で婚約者だなんてびっくりだし、高校生の私たちだから尚更信憑性《しんぴょうせい》は低い。

「だからどうしても格好いいところを見せたかった。……ただそれだけ。そんな理由で、俺が誰にも言わないで欲しいって彼女に頼みました」

ずっと、ずっと隠してたこと。

私が隠しつづけていたことで、高校卒業するまで隠し通すつもりだったこと。

それを初めて明かしてしまった相手が、櫻井くんと並ぶと誰もがお似合いだと思ってしまう、二年生のアイドル的な先輩だなんて。

「だからあまりかなのを責めないでやってくれますか。……ムカつくんで」

「っ、ちょ、ちょっと、なに言ってるの……？　嘘でしょ……？　だってこんな目立ちもしなくて地味な女が……櫻井の婚約者……？」

「だからその態度がムカつくって言ってんだろ」

無表情の上に無表情が重ねられると、冷めた目付きに変わって。

受けた側は「このひと怒ってるんだろうな」って、すぐに感じ取ってしまう。

こんなにも可愛い人を前にしているのに、低い声でそのうしろに居る地味女を庇っちゃってるんだから。

かなのって、何度も名前を呼んでくれて。

あぁやっぱり離れることなんかしたくない。この人に恋して良かったって思っちゃってる……。

「帰ろう由比さん」

「で、でも櫻井くん、足……」

「だから……手を繋いでくれませんか」

そんなので支えになんかならない……。

いつもの調子に戻った彼は、たったいまの冷たい空気をまといながらも優しい櫻井くんだった。

立ち上がって若干足を引きずりつつも、硬直する横山さんを気にすることなく。

その先に立っていた戸惑う私を見つけて、捕まえる。

「ごめんなさい、由比さんに優勝をあげたかったけど……二位でした」

ちがう、一位だった。

櫻井くんは一位だったよ。

私の目には櫻井くんしか映ってなかった。

思わず泣きたくなって、だけど泣いちゃうと彼を困らせてしまうから。

ぶんぶんと首を横に振った。

「わ、私も……ごめんね……、ごめんなさい」

「謝らないでください。由比さんが謝ることなんかないのに……ほんと格好悪いですね、俺」

「う、ううん……！　すごく格好よかったよ……！」

ぎゅっと、手を繋がれながらも引かれる。

すでにナイロン製のジャージへ着替え終わっていた櫻井くんは、胴着の入ったスポーツバッグと竹刀袋を肩にかけて。

横山さんを置き去りにするように体育館を出た。

「櫻井くん、でも月曜日……、学校で、私たちのことが広まっちゃわないかな…？」

「まぁ、あえて言ったんで」

「え……、あえて……？」

「はい。あの人に知らせておけば、すぐ全校生徒にも伝わるだろうから」

俺はこの機会を待っていた──。

櫻井くんの横顔は、そう言っていた。

「あっ、タクシー乗ろう櫻井くん……！」

「え、俺は由比さんと二人で帰りたいです」

「だめ……！　はやく病院に行かなくちゃ……！」

櫻井くん、大好きだよ櫻井くん。

膨らむ気持ちは、もう誰にも止められなくて、私ですら制御不可能で。

櫻井くんを見るたびに……大きくなってゆく。

「そうだ、湿布と包帯とテーピングも買わなくちゃ……」

「……どうして由比さんが買うんですか？」

「えっと……いつでも手当て出来るように、私もいろいろお勉強しようと思って……」

これから帰って、自分の足で毎日練習するの。

横山さんに言われたことは私にグサグサ突き刺さるものばかりで、その通りだって納得するしかなくて。

本当に……そのとおりだったから。

「それにいつか櫻井くんだけじゃなくて……お、お義父さんにもしてあげられるかなって」

えへへ。

恥ずかしくなって笑った私とは反対に、櫻井くんは泣きそうな顔をして――私を腕の中に引き寄せてしまった。

「さ、櫻井くん……⁉ 足いたむ……？ 大丈夫……⁉」

「由比さん、ほんとは優勝して言いたかったけど……いま言ってもいいですか」

「えっ……、わっ」

ぎゅうっと閉じ込めてくる。

決して足の痛みに寄りかかったんじゃなく、彼が意識的にそうした動きで。

「俺……、由比さんのことは――」

「ま、まって……っ、まってください……！」

「え……。」

「足っ、足が治るまで聞かないです！ それで私がテーピングを巻けるようになるまで……言わないで……」

ちょっとだけ怖かった。

由比さんのこと〝が〟じゃなくて、〝は〟だったから。

期待していたものと違ってて、そうなると答えも違うんじゃないかって。

だからそんな理由を付けてまでも引き伸ばしてしまった。

「あっ、やっぱり……一位とるまで、優勝するまで……言っちゃだめ」

「……俺は当分のあいだ試合には出させてもらえないだろうから……、それってもしかすると二年生になるかもなんですけど」

「う、うん、そのときで……大丈夫」

「……」

それまでには櫻井くんの気持ちはまた変わるかもしれない、変わって欲しい、なんて思いに懸《か》けて。

だって「由比さんのこと〝は〟」ってことは……由比さんのことは無理です、とか。

そんな言葉かもしれないから……。

そんなの聞いたら立ち直れない……。

「……じゃあその分……もうすこし……このままで」

「っ……」

「苦しく、ないですか」

「……うん」

冬の風は、私たちの熱を冷ますには全然足りなかった。

その日、私はいつもより早く起きて。

いつも通りの挨拶、いつも通りの朝ごはん、いつも通りの準備。

そして、初めて行った瞑想。

「かなの……？　おーい、かなのー？」

「……」

「かなのちゃーん？」

「……」

「す、すみれちゃん……とうとうかなのちゃんが俺を無視するようになった……」

煩悩、ぼんのう、煩悩、ぼんのう……。

「そんなことしてると余計に嫌われちゃうんじゃない？」

「そ、そうなのか……？　えっ、余計に……？　パパすでに嫌われてたの……？」

「ふふ、女の子には色々あるのよ」

煩悩、ぼんのう、煩悩……。

私はただじっと正座をして、心のなかで何度も唱えながら目を閉じつづけた。

休みが明けて、学校が始まった朝。

「――よし、行ってきます！」

「かなの……！　気をつけて行ってくるんだぞ！」

「うんっ」

「お弁当は持ったのー？」

「持ったよ……！　お父さんとお母さんもお仕事がんばってね……！」

私が瞑想を行った理由はひとつ。

今日から再開する高校生活はきっと、今まで以上の生きづらさがあるだろうから。

『――婚約者なんですよ』

『かなのは俺の婚約者です』

剣道部のマネージャーさんこと、横山さんに櫻井くんが告げてしまったあの日。

そのときはちょうど土曜日だったけれど、きっと噂の広まり具合は前より高レベルなものになってるはず。

横山さんは私をよく思っていないところがあって。

あのときだって、櫻井くんの言葉を「信じられない……」なんて目で見ていた。

「由比さん」

「っ！　さ、櫻井くん……」


――と、下駄箱前にていきなり声をかけられてしまった。

いつも以上に挙動不審な動きをしていた私だったから、気になったのかもしれない。

とりあえず今のところ……周りは大丈夫そう。

「お、おはよう……、あの、足は大丈夫……？」

「はい。とくに骨にも問題はなさそうで、しばらく通院して無理をしなければ治るそうです」

「そっか、よかった……、じゃ、じゃあ……」

軽く頭を下げてすぐに去るつもりだった。

でも櫻井くんは、まるで道を通せんぼするように近寄ってくる。

いつもなら緊張でどうにかなっちゃいそうなのに、今日は彼もまた違う顔をしていて。

どこからどう見ても櫻井くんの〝守りますモード〟だ。

「もし何かあったら、俺に言ってください。どんな小さなことだとしても絶対に言ってください」

「櫻井くん……」

「そうなった場合、俺は隠し通すつもりはないんで」

櫻井くんの覚悟が含まれる目。

彼が言う「そうなった場合」とは、学年だけじゃなく全校生徒にまで広まってしまった時ということだろう。

そうなった場合、もう誤魔化さないって。

隠さない、ちゃんと言うって。

それは確実に私を守ろうとして言ってくれていること。

「……でも私は……、家柄のことは誰にも言わないって決めてて……っ」

「はい、なので俺もそこはちゃんと考えてます。俺を信じてください」

こくんっとうなずいて、それぞれの教室へ何事もなかったかのように移動した。

櫻井くんも私も、それくらいの覚悟で過ごさなくちゃ。

次はどんな噂を立てられるんだろう……。

もしかすると嫌がらせなんてこともあるかもしれない。

「おっはよ～！　かなの！」

「ゆ、ゆっこ……、おはよう」

「どしたの？　なんか元気ない？　あ～、今日もちょ～寒かったもんね」

……あれ？

教室に入ってから真っ先に挨拶してくれたゆっこは先週と様子は変わらず。

私を目にしたクラスメイトがとくに気にしてこなかったのも、今までどおりで。

変わらない……。

ぜんぜん変わってない一年B組。

「あたし冬休みは田舎のおばあちゃん家に行くんだけどさ～、今年も雪かきやらされそうで考えただけでも腰が痛くなりそ……」

「えっ、雪が見られるなんていいなぁ……」

予想は大ハズレだった。

櫻井くんも〝とくに代わり映えはないです〟と、メールで知らせてくれて。

私たちの噂が何も立っていないということは、横山さんはやっぱり信じてなんかいなかったということだ。

そりゃそうだよね……。

あんなの、誰が聞いても信じない。

「じゃあ写真送ったげるね！」

「ありがとう、ゆっこ……」

ホッとしているのに、どこか落ち込んでもいる私がいて。

ひとつひとつ過ぎてゆく毎日。

次に迫っているのは、櫻井くんに出会ってから初めて訪れる——冬休み。

＊初めてばかりの冬＊

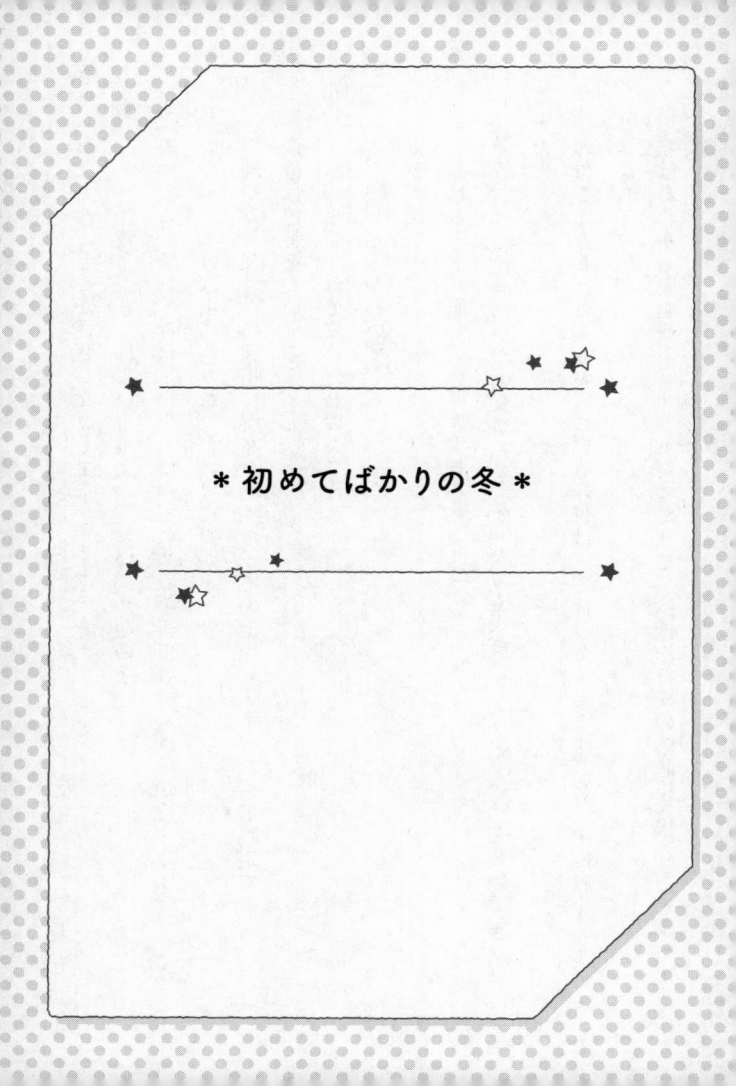

「お父さん、どこか怪我したりしてない……？」

「ん？　怪我？　とくにない——えっ、おい、かなの？」

「あっ、ここ腫れてるね……！　待っててねすぐ手当てしてあげるから……！」

「いやっ、これは虫に刺されただけなんだが……」

無理やりお父さんの親指に湿布を貼って、その上からテーピングで固定する。

最後は包帯を巻いて……っと。

「よしっ！　これで安心だねお父さん」

「……娘が……かわいすぎる」

「え？」

「すみれ……！　俺の娘が可愛すぎる……!!」

そう言って泣きついたお父さんを、「親バカも大概《たいがい》にしなさーい」と笑顔で弾き返すお母さん。

お母さんもお父さんもお家にいる今日は、冬休みでもある十二月二十四日——クリスマスイブ。

私はあれから動画や本、ネットだったりで、捻挫《ねんざ》や打撲《だぼく》の応急措置の仕方を調べてはこうして練習する毎日だった。

「あ、お母さんそろそろケーキを予約した時間じゃない……？」

「本当だわ！　あー、でも今ちょっと手が離せないのよ〜」

「私が行ってこようか……？」

「あら、いいのー？　じゃあお願い。気をつけてね」

キッチンではお母さんがオーブンにチキンを入れたところだった。

テーブルにずらっと並ぶ、どれも手作りの料理たち。

ツリーのような形のポテトサラダには、ブロッコリーや星形のチーズが可愛く飾られて。

ローストビーフに色とりどりの野菜入りのポトフ、お酒のおつまみとなるお洒落《しゃれ》な盛り合わせ。

あとは巻き寿司を作るらしいのだけど……今年もお母さんは張り切ってる。

そう、これが我が家の毎年恒例クリスマスの光景だった。

「かなの、ひとりで大丈夫か？　お父さんも一緒に行くか？」

「ううん、平気。毎年お世話になってるお店だし、私もう高校生だよ……？」

「そうだったな、頼りになる格好いい婚約者もいることだし！」

「っ……、い、行ってきます……！」

ケーキだって簡単に作ってしまいそうなお母さんだけど……。

どうやらそのお店の生クリームのきめ細かさと濃厚さ加減は出せないらしいのだ。

だからケーキだけは、住宅地に入り込んだ中にある夫婦で営む〝カトレア〟さんに毎年お願いしていた。

「こんにちは……！」

カランカランとベルが鳴る。

「あ！　かなのちゃん！　毎年ありがとうね。とびきりの出来てるよ～？」

「本当ですか……！　こちらこそありがとうございます……！」

甘い匂いがふわっと広がる店内は、そこまで広くはなくて。

けれどここでしか味わえないオリジナルケーキのみを販売する、それはもう実力派なケーキ屋さんなのだ。

「ちょっと待っててね、いま包装するから」

「はいっ」

暖炉の火が、凍った手先から溶かしてくれる。

待合席として用意されているモダンな椅子に座った私は、とあるものを見つけて立ち上がった。

「それね、トッピングだけ好きなようにしたいってお客さんの声があって、別売りを今年から始めてみたの」

「わぁ……かわいい」

砂糖で作られたツリー、トナカイ、サンタさん。

星形やハート型、丁寧に繊細に作られたものが一つ一つラッピングされて飾られていた。

チョコペンもカラフルだ。

見ているだけでウキウキしてくるような、これがクリスマスプレゼントでも十分なくらいに。

小さい子も楽しめるだろうなぁって、このアイデアは素晴らしいものだと思った。

「――……あ、これ」

「お、かなのちゃんお目が高い。夫の自信作らしくてね、テーマは〝サンタだって眠たいときもある〟だって」

「ふふっ、たしかにボーッとしてる……」

半目がちのサンタさんは、今にもあくびをしそうだった。

砂糖で細かく作られたひとつ。

「あの、これ……ください」

「わぁ本当？　ねぇあなた！　売れたわよ自信作！　かなのちゃんが買ってくれたわ！」

「うおまじかっ！　ありがとうかなのちゃん！」

レジカウンターに立つ奥さんと、それを作った旦那さんは奥の厨房《ちゅうぼう》でケーキを作りながらも笑顔を向けてくれた。

頼んでいたケーキに追加させた、ひとりの眠たそうなサンタさん。

私がこのサンタさんに目が向かった理由は、可愛かったのもあるけれど……。

なにより似ていたからだ。

ぼーっとしているのに優しさを感じさせる表情が、どこか櫻井くんに。

「今年は櫻井くんも一緒だね」

カランカランと、今度はベルの先。

大事に抱えたホールケーキを落とさないように歩きながら、袋の中に入っているもう一人の櫻井くんにつぶやいた。

「なら誘ってみればいいじゃない！」

「え」

「お料理もこんなに作りすぎちゃったし！　毎年あまっちゃって大変だもの～！」

だったらもう少し量を考えて作ればいいんじゃないのかなぁ、お母さん……。

大変だものって……。

無事に家に到着して、そのサンタさんのお話をお母さんにしてみれば……。

櫻井くんに声をかけてみたら？　なんて軽々しく言われてしまって。

「きっと櫻井くんのお家も忙しいよ。家族で過ごすだろうし……」

「聞いてみるだけいいじゃない！」

今年のクリスマスは、おばあちゃんは近所の方たちと温泉旅行に行っていて。

だから家族三人の予定だったけれど……。

一度言い出したら止まらないのもお母さんなのだ。

つられるようにお父さんもノリノリになっちゃったし……、これは電話だけでもしてみないと静まりそうになく。

『行きます』

「えっ、いやっ、でも櫻井くんも家族の方たちと……！」

『うちはわりとみんなそれぞれなところもあるんで平気です。そこまで海外の行事には固くなかったりして』

まさかの即答だった。

二コールで出てくれたスマホの先、落ち着いた声の櫻井くん。

「でも……櫻井くんが居づらくないかな……？　お父さんもお母さんもいるから、こっち……」

『俺も改めてちゃんと挨拶したいので……ご迷惑じゃなければぜひ。それに……由比さんと一緒にクリスマス、過ごしたいです』

雪は降ってはいないみたいだ。

ふわふわと、降ってはいないけれど私の頭の中は浮かれ気分。

ドキドキしながら待って、ドキドキしながら準備して。

だいぶ日も落ちかけたタイミングで鳴ったインターホン。

「ほ、本日は……大変お日柄もよく、お誘いいただき、本当に誠に心から光栄に、」

「わぁ！　初めまして櫻井くん！　かなのの母です。話に聞いてたとおり好青年で格好いい子ね～」

「えっと、あっ、櫻井主計と言います、由比さんとは同じ学校で……家は剣道場を、」

「ふふっ、かなのの婚約者なんだもの。もちろん全部知ってるわ。固い固い、もっとリラックスしてくれていいのよ」

玄関に迎えて開口一番、堅苦しい挨拶をして頭を下げた櫻井くん。

なんていうか……ものすごく緊張しているようだった。

櫻井くんは私のお母さんに会うのは初めて。

あの日、お父さんと一緒に顔合わせをしたときは、櫻井くん側もお父さんだけだったから。

そのため私もまだ彼のお母さんには会ったことがなくて、いざその日が来たらきっと今日の櫻井くん以上に固くなっちゃうんじゃないかな……と。

「あの……これ、良かったら食べてください。俺の母さんが好きで、有名な店のプリンなのですが……」

「あら！　そんな気つかわなくていいのに！　ありがとうね～」

と、言いつつも甘いものには目がないお母さん。

渡された紙袋をすぐに受け取って、すっごく嬉しそうにお父さんの背中をバシバシ叩いた。

「すまないね急に誘ってしまって。ご家族水入らずの予定を邪魔してしまってないかな？」

「全然です。逆にすぐ行けって俺の父さんも言ってたくらいで」

「ははは、あとで櫻井さんに挨拶しなくちゃな」

「いえ、本当にお構いなく……」

わ、わぁぁ……。

お父さんと櫻井くんが会話してる……。

リビングのテーブルにご馳走を運びつつも、ソファーに座った二人の会話を盗み聞く。

私の家は外装は日本家屋、内装は和モダンな一軒家。

畳のみのお部屋もあるけれど、そこはほとんどおばあちゃんがお客様をお迎えするときに使う部屋。

だから普段生活する場所は、フローリングと畳が織り混ぜられた構造になっていた。

「怪我、してるんですか……？」

「ん？　あぁ、これかい？」

「はい、しっかり包帯が巻かれてるから……」

すると櫻井くんは、お父さんの親指を発見。

それは私が今朝、巻いたものだった。

お父さんは嬉しそうに頬を和らげながら親指を見つめる。

「実はこれ、かなのがやってくれたんだ」

「由比さんが……？」

「あぁ、単なる虫刺されだというのにね。手際《てぎわ》がよくて俺もびっくりしたよ」

「……」

恥ずかしくなってキッチンに逃げた。

絶対に今の説明だけで察してしまったはず……。

あんなの素人知識だし、櫻井くんの目から見たらまだ全然かもしれないけれど、私なりに頑張って実践したものだ。

家に案内する前に、私は櫻井くんの足の様子をまた詳しく聞いてみた。

あれから整形外科に通ってリハビリを週三で行っているらしく。

腫れも引いて、今はすこし背伸びが出来ないくらいで、それ以外は問題ないらしい。

「櫻井くん、炭酸飲めるー？」

「あっ、はい」

「じゃあかなのと櫻井くんは炭酸ジュースね。お母さんたちはシャンパン〜」

るんるんと鼻歌を歌いながらグラスに注ぐお母さん。

これでパーティーの準備は整った。

四人にしては大きなローテーブルの上には、お母さん力作の手料理。

それを見て櫻井くんは「……すげぇ」と、素のまま小さくこぼした。

「じゃあ、かけ声はかなのがする？」

「えっ、い、いいよ……！　お母さんして」

お父さんの隣にお母さん。

私の隣に、櫻井くん。

慣れない中でグラスを片手に持ち上げる。

「言うこと聞かないならサンタさん来てくれなくなっちゃうわよ？」

「えっ、そうなの……？　今年はサンタさん来ない……？」

「どうかしらね～？」

「えぇ……、毎年来てくれてたから、そんなの嫌だなぁ……」

そんな親子の会話に、私の隣で目を見開いているのは櫻井くんだった。

なにかを確認するようにお母さんとお父さんを交互に見つめると、二人はそろって人差し指を口に当てて、彼に何かを伝えた。

それを見た櫻井くんは真面目な顔をしてコクッとうなずく。

え、なに……？

なにを伝え合ってるの……？

「由比さん……、サンタさんに会ったことはあるんですか……？」

「あっ、まだ会ったことはなくて……！　だけどいつも朝起きると必ずプレゼントが枕元に置かれててね……！」

「そ、それは……よかったですね、」

「う、うん……」

今年こそはサンタさんの姿が見たい……！　なんて毎年意気込むけれど、やっぱり睡魔《すいま》に負けてしまって。

本当に赤い服を着てるのかな……？　とか。

本当にトナカイに乗って、大きな袋を持ってるのかな……とか。

お髭《ひげ》が長くて、ちょっぴり小太り。

それが私のイメージするサンタクロースだ。

「由比さん、クリスマスイブにかけ声をする子にはサンタさんが来やすくなるって……俺どこかで聞いたことがあります」

「えっ、そうなの……⁉」

あっ、思わず声を張ってしまった……。

ガタッとテーブルが揺れて、そんな私を見て微笑ましい顔をしてる親ふたり。

櫻井くんは優しい優しい眼差しで、だけどほんのり熱を帯びる……初めての顔。

「あ、じゃあ……えっと、みなさん」

ここはもうやるしかない。

サンタさんの名に懸けてだ。

「メ、メリー……クリスマース」

「「メリークリスマース!!」」

私の声をかき消してしまう、お父さんとお母さんの声。

カンッと、グラスに入った炭酸ジュースが跳ねた。

「メリークリスマス」と、櫻井くんは小さく言ってくれる。

まさか隣クラスの人気者の男の子とクリスマスイブを過ごせちゃうなんて……。

どうしようどうしよう、こんなことしていいのかなって、誰かに謝りたい気持ちでいっぱいだった。

「櫻井くん、お味はどう？」

「ぜんぶ美味しいです。とくにこの巻き寿司、こんな色とりどりなの売ってるんですね」

「ふふふ、私の手作りなのよ～」

「え、すごい……」

櫻井くんはだいぶお母さんとも打ち解けてきたみたいだった。

日々の生活のことを話して、学校での様子を伝え合って。

お母さんもお父さんも普段見ることのできない娘の話を興味津々で櫻井くんから聞いていた。

「櫻井くんでしょう？　文化祭の、かなのの写真を撮ってくれたの」

「……あの、ごみの分別の写真ですか？」

「そうそう。出来れば正面からの写真を期待してたんだけど……でも、あれが私の娘なのよねって嬉しくなっちゃった」

わ、お母さんやっぱり分かってたんだ……。

あの一枚しか結局送れなかったけれど、お母さんは「十分」と笑って言ってくれたから。

「俺が思う由比さんの良さは、たぶんああいうところなんだと思います」

すると櫻井くんは箸を置いた。

目の前の両親を前にして、心から伝えたいことを届けるように。

「いつも由比さんは見返りを求めないんです。裏表がないというか、いやらしくないというか……。だから俺、そんな由比さんに憧れてる部分もあって」

櫻井くんを前にした二人はアルコールが少し回っているはずなのに、その目は続きを待っていた。

私も静かにグラスをテーブルに置く。

「俺はいつも表情が薄くて言葉数も少ないので……無愛想だって言われることが多くて。それなのに周りには人が集まってくるのが、本当は嫌で」

私が知らない櫻井くん。

隣クラスの物静かな人気者さんが抱えていた気持ちが、はじめて話された。

「みんな俺に何か期待してるんだろうなって……いつも感じるから」

櫻井くんはいつも、応えない人。

期待が向かってきても、無表情でスルーしてしまうような。

それは無意識なんだろうなって思っていたけれど、実際は意識的でもあったらしい。

「それと違って由比さんは、そこまで目立つほうじゃないけど……返事がない存在に笑いかけられるような、優しい心を持ってるんです」

てんとう虫に話しかけてしまうのは、ちょっとだけ理由があった。

普段は地味で目立たない、居るか居ないかよく分からない。

あ、いたの？　なんて言われるクラスメイトとして生きている私は。

そうやって話す練習のようなものをしていたのが、理由のひとつで。

本当はもっと話したかったりもする。

興味ある話をクラスの女の子が話しているときは無意識にも耳を傾けたりして。

だけど混ざれるわけがないから、そこで溜めた言葉を、返事がないものに聞かせるのだ。

「そういう飾らないところが……すごく、その、いいなって、えっと」

だんだん、だんだん櫻井くんの顔が赤くなっていって。

しゅーーっと上がって、あたふたし出して。

ぱちんっと催眠術から解かれてしまったみたいに。

そんな彼を見て瞳を伏せたお母さんは、心から安心しきっている表情だった。

「櫻井くん、私ね、たとえ両家の〝しきたり〟とはいえ……あなた達の気持ちを優先するつもりだったの」

「え……？」

櫻井くんの反応に、私の声も重なった。

いつも無邪気なお母さんが真面目な顔をして、だけどお母さんらしい優しさもにじみ出ていて。

そうして伝えてくる姿を、お父さんは見守っていた。

「もし、どちらか片方にでも好きな子とかがいた場合は……婚約はやめてもいいんじゃないかしらって言おうと思ってた」

「……俺は、それは嫌です」

「うん、いまので十分伝わったわ。かなのの気持ちも母親だから分かってる」

娘をよろしくお願いします——。

そこまで言わなかったとしても、お母さんの気持ちは私たちにまっすぐ届いた。

家柄にしきたり、婚約者のこと。

小さな頃から言われてはきていたけれど、実感なんか出来なかった。

それは昨日までの私もそう。

ふわふわしていて、本当に彼が私なんかの婚約者なの……？　って考えてしまうくらい。

だけど今。

櫻井くんの気持ちも聞いて、お母さんの気持ちも聞いて。

やっと本当なんだって実感できたと同時に、幸せな気持ちが涙と一緒に溢れてきた。

「お、おかあさ――」

「お母さん、楽しくて賑やかな家庭になって欲しいわ～！」

私のお母さんはしんみりする空気を嫌う人。

不安が解けたならこの話はおしまい！ と言うように、今もお得意の陽気さで空気をガラッと楽しいものに変えてしまった。

「楽しくて賑やかな家庭……？」

「うん！ またこうして一緒にご飯食べてわいわいして、由比家と櫻井家、笑顔が絶えない家庭ってことよ」

お母さんの元気さに、気づけば私の涙も引っ込んでいた。

こうして誰かを笑顔にできる女性、私もいつかお母さんのような人になりたい。

「ね？ あなたもそう思うでしょ？」

ずっと優しい顔をして見守っていたお父さんは「もちろん」と、すぐにうなずいた。

「櫻井くんはどこか昔の俺に似てる気がするからなあ。二人は若い頃の俺たちみたいじゃないか？」

「えっ」

「ふふ、櫻井くんのほうが強くてまっすぐで素敵だわ」

「え？」

「……えっ」

お母さんとお父さん、「え」だけで会話してる……。

そんな両親を前にして思わず笑顔がこぼれてしまう私たち。

どこからどう見ても賑やかで楽しい家庭だった。

「ご、ごめんね櫻井くん……」

「いえ、全然大丈夫です」

ごめんね――。

それはお父さん渾身《こんしん》の一発ギャグを見せられたり、お父さんのよく分からない武勇伝を長々と聞かされていたこともそうだけど、とうとう酔いつぶれて寝てしまった両親のことを言っていた。

二十一時に櫻井くんのお父さんが車で迎えに来てくれるらしく、今は二十時を過ぎたところ。

とりあえずお父さんとお母さんには、上からそっとブランケットをかけてあげる。

お腹いっぱいになって食休み中の櫻井くんの元へ、私はあるものを手にして向かった。

「すぐ出せたのはこれくらいしかなくて……」

「ありがとう由比さん」

それは、フォトアルバム。

私の小さな頃から今までの成長記録が写真になって記された分厚い一冊だった。

それを見たいと言ってくれたのは櫻井くんで、今までの私を知りたいらしく。

ケーキも結局まだ食べれてないし……。

もう、お母さんもお父さんもお酒弱いんだから程々にって言ってたのに……。

「そこまで面白くはないと思うけど……」

「いや、見たかったんです俺」

「——あ、これ、生まれたときだよ」

「……赤ちゃんだ、……由比さんと俺にもし子供が産まれたらこんな感じなのかな……」

ぽつり、櫻井くんは無意識と思われるトーンでつぶやいた。

私たちの……子供……？

「こっちも見ていいですか？」

「へっ、あっ、うん……！」

動揺する私に気づいていない櫻井くんは、一枚一枚大切そうにめくってゆく。

今みたいに櫻井くんのあまり大きく笑わないところも私は好きだ。

無愛想なんかじゃなくて、こんなにも優しく笑うんだって嬉しくなる。

「これ、すっごい泣いてますね由比さん……」

「あ、確かそれは……昔飼ってたカエルが居なくなっちゃったときので……」

「カエル……？」

「うん。お庭の池で飼っててね」

飼ってたっていうか、たまたま見つけて。

だからペット感覚というか、鯉《こい》とかじゃなくてカエルを見るために池を覗いてた幼少期。

そんなカエルがある日を境にぜんぜん見なくなっちゃって。

死んじゃった〜!! なんて、泣いてた一枚だ。

「ふっ、由比さんにとってカエルは飼う生き物なんですね」

「む、昔の話だよ……？」

「初めて聞きました。ははっ、カエルを飼う人に出会ったのは初めてです」

「……」

複雑……。

だけど声を出して笑ってくれてる……。

またひとつ、こうして櫻井くんの好きなところが増えてしまった。

「あっ、これインターナショナルスクールで節分のときのだ」

「……また泣いてますね」

「これは鬼の金棒が怖くて……！」

なんか……ほとんど泣いてる写真しかないような気がする。

できれば笑顔のものを見せたかったのに、ページをめくってもめくっても泣いてる写真ばかりで。

「金棒、なんですか。鬼じゃなくて？」

「うん、金棒が怖かったの」

「じゃあ……金棒を持ってなかったら鬼は怖くないんですか？」

「……そうかも、です」

「ふっ」

どうしよう、写真を見せるたびにスマイルが返ってくる……。

お金とか払わなくていいの……？

このスマイルが無料って本当……？

「……やっぱり由比さんは面白いな」

「お、面白い……？　もうっ、櫻井くんもゆっこと同じことーーっ、！」

「っ！」

バッ！　と顔を上げると、ちょうど櫻井くんの顔が目の前にあって。

こんなにも至近距離で一枚の写真を見ていたことを今になって理解する。

櫻井くんも同じみたいで、サラッと揺れた彼の前髪が私のおでこに触れた。

睫毛《まつげ》……びっくりするくらい長い……。

そこまでくっきりしてるわけじゃないのに、惹かれてしまう目で……。

きれいな顔——……してる。

「……かなの」

「っ……」

櫻井くん、この距離でそれは間違ってる。

ぜったいぜったい、まちがってる……。

「かなの」

「かっ、かなの……です」

「……かなの」

ひとつひとつ練習してるみたい。

かなの、かなのって。

こんなにも誰かに自分の名前を連呼されたことだって初めて。

「かなの、さん、……俺も、賑やかな家庭になればいいなって」

「う、うん……、私もだよ、」

「子供……とか、さっきのかなのさんの赤ちゃんの頃……可愛かったなって……。賑やかな家庭って、たぶんそういうことも含まれると思うんで」

「……へ……？」

櫻井くんは至って真剣に伝えてくれているみたいです。

子供……？　赤ちゃん……？　可愛かった……？

そういうことって、どういうことなんだろう……。

ただ櫻井くん。

この距離で、今の流れでそれを言うのは絶対まちがってる。

「ああありっ、ありが……とう……ございます……」

「はい、どういたしまして」

「えっ、はい……っ」

そして私、由比かなのはとてつもなく混乱しているみたいで。

ど、どういたしまして……って。

爽やかに放ってしまった櫻井くんは、けれど返事とは裏腹に一点を見つめてポーッとしていた。

「……え、……俺、いま……なに言いました……？　——っ⁉⁉⁉」

そして意識がようやく戻ってきたようで。

なにって、結構すごいこと言ってたよ……？

「どっ、どどっ、どういたしましてって、俺なに言ってんだ……‼　てか赤ちゃんとか可愛いとかっ、えっと、変な意味とかじゃなくて……‼」

「えっ、あっ、ごごごめんなさいっ！」

「あっ、いやっ！　由比さんが謝ることでもないんで……‼」

テンパる櫻井くん。

ぐっとにぎったこぶしで自分をまた叩こうとしてるから、なんとか止めて。

眠るお父さんとお母さんが傍にいることだって私たちは忘れていた。

「ケーキっ、食べよう……！　ケーキあるので……‼」

「あっ、はい！　食べます……！」

ふらっと倒れそうになった身体をなんとか踏ん張って、冷蔵庫へ走った。

特注で頼んだ大きなホールケーキ、もっと目で見て楽しみたかったけれど、いまはそれどころじゃなく……。

さすがに二人で全部は食べられないだろうからとカットして。

そして櫻井くんのケーキの上に、本日の主役のような存在を乗せる。

「……なんか……無気力そうなサンタですね」

「ふふっ、これ櫻井くんだよ」

「え、俺ですか」

「うん。似てるなぁって思って買ったの」

あ、だめだったかな……？

でも決して馬鹿にしてるとかじゃなくて、かわいいなぁってことだ。

まさか一緒にこうして過ごせるとは思っていなかったから、櫻井くんの代わりとして購入したもの。

「……じゃあこれ、由比さんにあげます」

「え、どうして……？」

「これは俺の代理サンタだから。由比さんの元にサンタさん、来ました」

はい、と私のケーキの上にちょこんと乗ったサンタクロース。

あ……、お母さん。

サンタさんの素顔が分かっちゃったかもしれない。

今年はすっごいとびきりのクリスマスプレゼントを持ってきてくれたよ。

どっちが本物のサンタさんなのか分からないけど……私にとって両方がサンタさんで、プレゼントだ。

「由比さん、三日の日……一緒に初詣《はつもうで》に行きませんか」

「わ、私と……？」

「俺、いつも行ってる神社があって。そこまで混まないし、だから……その」

一緒に、二人だけで行きませんか――？　と、内容が濃くなって繰り返された。

こんなにも一度でたくさんのプレゼントが渡されたクリスマスは初めてだ……。

こくんっとうなずくと、櫻井くんは優しく目を細めた。

「えっ、由比さん……？　ど、どうしたんですか」

ぽろっと、私の頬にひとつ落ちた。

すぐに見つけた櫻井くんは覗き込むように心配してくる。

「俺、なにか駄目なこと……言ってしまいましたか」

「ううん……、嬉しかった、から……」

だからこれは悲しみから流れるものじゃない。

幸せで、うれしくて、温かくて、それを上手に言葉で紡《つむ》げないから流れてしまったもの。

「──……くそかわいいかよ」

「……え？」

「……え？」

「え……？」

「えっ」

それから「え」を何回か繰り返した、初めてばかりの冬──。

＊

櫻井side

「櫻井くん……！」

年が明けて三日目。

待ち合わせ場所に息を切らして走ってくる姿を見たとき、俺はすぐに地面を蹴った。

「わっ、櫻井くんまだ足が完治してないから走っちゃだめだよ……！」

「由比さんも転んだらどうするんですか！」

「私は着物には慣れてるから……っ」

「俺も怪我には慣れてますから！」

お互いがお互いを心配してしまって、似たような言い訳を述べて。

くすっと同時に吹き出してしまったのは、年明けもこうして会えた嬉しさがあったからだろう。

初めて由比さんと向かう初詣。

由比グループの一人娘だから想像していなかったわけではないとしても。

いざ着物姿の由比さんを前にすると、余裕な反応は出来そうにもなかった。

「あ、明けましておめでとう……櫻井くん。今年もよろしくね」

「こちらこそ……明けましておめでとう、ございます」

クリスマスも会って、大晦日も元旦も電話で挨拶をしたというのに緊張は新しく更新されてゆく。

今年はどんな年になるんだろう。

もっと由比さんとの思い出が増える一年になればいいと、神社を目指して歩きながら も願った。

「こんなところに神社があったんだね」

「一応穴場なんですけど……今年はいつもより人が多いみたいで……、おかしいな……」

「みんな考えることは一緒なのかな……」

年明けで気分は上がっていたとしても、お参りには静かに落ち着いて向かいたい。だったら人が居なさそうな神社はないかと、誰だって一度は考えるだろう。

……なんで俺はそれを考えなかったんだよ。

由比さんが困ってる。

たぶん人混みは俺と同じで苦手だろうから。

「ごめんなさい……気が利かなくて」

「ううん、初めて来る神社だから楽しみだったよ」

でも、もし混んでいたとしても俺は誘っていた。

さすがに由比さんには恥ずかしくて言えないけど……ここは縁結びの神社だから。

今年は絶対ここに由比さんを連れてくるって決めていた、わりと前から。

「わぁ、あのひと着物着てるー」

「日本人はやっぱり着物だよね～。いいなぁ、私も来年は着てみようかなぁ」

けど、それとこれとは別に目立っている由比さんが気になる。

周りからジロジロ見られてる理由は着物だけじゃなくて、薄くメイクしてるからってのもある気がする。

「由比さん……ちょっといつもと違いますね」

「あっ、おばあちゃんが着付けてくれて……」

「いや、着物もそうなんですが……顔も」

「こ、これは……お母さんがしてくれて……」

着物すごく似合ってます、メイクもかわいいです――俺が言いたかったセリフはこれだ。

なのに全然言えない俺はなんなんだよ……。

言いたい言葉がなにひとつとして口から出てくれない、由比さんを前にするといつもそうだった。

「に、似合ってないよね……、私も違和感しかなくて」

「え、いや!! 全然そんなことないです!! ……あ」

神社に到着して、まず目指したところは鳥居を入ったまっすぐ先に構えられている大きすぎない拝殿《はいでん》。

思ったより長く続く列に並ぶ中、俺の声に生まれた一瞬の静寂《せいじゃく》。

周りはくすくす笑いながらも元通り。

「あ、ありがとう……」

照れるように小さな声で答えてくれる由比さんからは、「気をつかってくれて」なんて付け足されたような気がした。

そうじゃない。

俺は本当に由比さんしか見えてない。

地味、大人しい、いつもそんなふうに縫い付けられてしまう由比さんのイメージは。

自分たちと違うからって、たったそれだけの理由で学校でも女子は馬鹿にするってこと。

確かに参拝に来ている同い年くらいの女子はみんなイマドキなファッションで。

さっきから俺を見てくる目だって分かってしまうけど、そんなもの言ってしまえば鬱陶しくて面倒なだけだ。

「由比さんが鳴らしますか？」

「えっ、ううん、櫻井くんが鳴らしていいよ」

「……じゃあ一緒に」

お賽銭《さいせん》は十分ご縁がありますようにと、十五円。

ふたりで一緒に鈴緒《すずお》を握って、すこし強めに振って大きな音を鳴らす。

俺の動きに遅れながらも一緒に鳴らしてくれた由比さん。

（由比さんを……幸せに出来ますように）

たぶん、この先。

今日の出来事はいつかの未来で由比さんと「懐かしいね」なんて、振り返る思い出のひとつになるかもしれない。

だから未来の俺の分まで格好いいことを祈った。

そんな未来で、俺の隣にいる由比さんはどんな顔をしているんだろう。

「由比さん、向こうに絵馬があるみたいで……」

「若い子たちがいっぱいいるところかな……？」

「そうです。……それ、俺も由比さんと書きたくて」

ここがメイン。

はい、ここが本日の目的。

もちろん今の願い事だって、わざわざ神様に願わなくたって俺は由比さんを幸せにするつもりだ。

「私もいつも絵馬はあまり書かないから……書きたいな」

純粋な返事に、ちょっと罪悪感はあった。

俺たちと変わらない歳から二十代の若い男女で溢れている場所には、それ相当の目的があるからだ。

けれど、そこにいる男女のほとんどがカップルだと知っているのは俺だけ。

そう、これが縁結びの神社の真骨頂《しんこっちょう》。

そのハート型をした絵馬に名前を書いた二人は永遠の愛で結ばれる――なんて言われていて。

「あれ……？　これは二人でひとつなの……？」

「あっ、はい、そうみたいです」

「そうなんだ……。変わってる絵馬なんだね」

いつだったか、俺があまり関わりたくない（――というか、嫌いな）由比さんの友達が言っていたような気がする。

『かなのが鈍感で良かったね』って。

それを今になって痛感するとは……。

「櫻井くんは名前だけ……？　お願い事は書かないの……？」

「えっと、これは名前を書くだけで、あとは祈ればいいっていう……絵馬らしくて」

「そうなんだ……！」

そういうのもあるんだね――と、笑顔で言ってくれるところに罪悪感がまたひとつ。

だから由比さんも俺の隣に名前だけを書けばいいんです。

俺がどんな顔をしてその言葉を言ったかは、考えないでおく。

「ねぇあれって櫻井くんじゃない……？」

「え、どこ？　……マジだ主計じゃん!!」

かずえ――！　と、人混みを掻き分けるように俺の耳に聞き慣れた声が届いてきたのは。

無事に絵馬を書き終えて、軽く設置されていた屋台でおしるこを買ったときだった。

人の気配から離れた場所で由比さんを待たせていたこともあって、今は俺ひとりだった。

「お前も来てたのかよ！　なんだよ教えろって！」

「よかったら櫻井くんも一緒に回らない？」

「それいーな！　向こうに涼介たちも居るんだよ！」

クラスメイトの男女が二人。

この神社内には他にも数人はいるらしい。

まだ何も言ってないのに勝手に解釈して、そのあとの行動も勝手に決めてくる。

そういうところだ、こういうところなのだ。

たとえいつも声をかけてくれるクラスメイトだとしても嫌悪感すら起きる。

「俺ひとりじゃないから」

「えっ、そうなの？　ならそいつも一緒でいいよ！」

「俺が嫌なんだよ。その子と二人がいい」

〝その子〟という言い方が女の子のことを指していることに気づいた女子は、どこか怪しげな表情に変わった。

それより早くしないとおしるこが冷《さ》めるし、由比さんを一人で待たせているほうが心配だ。

あの子はすごく自分に自信がないけど、そんなことない。

今日だって着物もメイクも、ナチュラルに施されていて由比さんの可憐《かれん》さを最大限に引き立てていた。

そんなものに目を奪われていた男がいたことを本人は気づいてなくて。

「じゃあ俺行くから」

「あっ、おいちょっと主計!!」

前に学校内で立った噂だって由比さんを貶《けな》すようなものばかりだった。

耳にするたびに俺は腹立たしくて、同じくらいに悲しくもなって。

その上でも家柄を隠して、どんなに冷たい言葉が飛び交っても身分を隠しつづけて生きる由比さんにどんどん惹かれて。

だから俺が守ってやりたいって気持ちも最初より強くなった。

「由比さん！　ごめんなさい遅くなってし――……それ」

「あ、櫻井くん。自動販売機で売ってたから買っておいたの」

由比さんが持っていたのは、おしるこ。

そしていま俺が手にしているのも、おしるこ。

なにか食べられそうなものを買ってきますね、と言って待たせていたのは俺だったとしても。

まさか被るなんて……。

「あっ、え、もしかして……」

「……はい、なんか美味しそうだったので」

「ふふっ、四つになっちゃったね」

こんな未来がこれからも約束されるなんて、俺たちの家に少し変わったしきたりがあって良かったと。

俺は由比さんに出会ってから何度も何度も思っている。

「あ、そういえば由比さん。サンタさんからプレゼントは貰えましたか？」

「あっ、うん！　朝おきたらベッドの端にね、シャーペンがあったよ」

「……え、シャーペン……？」

それって、ただペンケースから落ちたとかじゃなくて……？

サンタクロースに頼むプレゼントとしては……なんていうか謙虚すぎる。

普通はもっと高いものっていうか、そもそもシャーペンはサンタさんに頼むものでもないような気がする。

「芯がずっと尖《とが》ったまま使えるの、私ずっと持ってなくて……！　それにシャーペンってずっと使えるものだから……新しく買うのは今まで気が引けちゃってて……」

「確かに……そう言われればそうですね」

「うん、だからサンタさんからのプレゼントってことにすれば……新しいの買っても許されるかなって。あっ、もちろん今までのも大切に使ってるよ……！」

やばい、なんかもう、いろいろやばい。

由比さんと結婚したら、たぶんというか確実にサンタさんになるのは俺の役目だ。

もちろんぜったい夢は壊さないようにするし、毎年気合いを入れてサンタクロースに変身するつもりだ。

だとしてもお手紙に〝ずっと尖りつづけるシャーペンが欲しいです〟なんて書かれている未来を想像したら……。

「――……かわいすぎだろ……、百本は用意する、絶対する」

「えっ」

「……え？」

「えっ……」

「……えっ？」

とりあえず俺は、はやく由比さんにとってのサンタさんになりたいと思った。

渡してはいけない想い

初めてばかりの冬を味わって、無事に年が明けて、冬休みが終わった。

「かなの！　あけおめっ！」

「今年もよろしくねゆっこ。雪の写真もありがとう」

「やっぱ田舎はめちゃくちゃ寒かったよ〜」

実は櫻井くんとクリスマスも初詣も過ごしたんだよ、なんて言ったらゆっこ驚くかな……。

でも私があえて言わない選択をしたのは、その思い出は櫻井くんと私だけの宝物にしておきたかったから。

「てか聞いてっ！　あたし丹羽にバレンタイン渡そうと思ってるんだけどっ！」

「そ、そうなの……？」

「それでね！　そこにガチのラブレター突っ込むってアリだと思う？」

冬は思っていたよりもイベントが多い。

人肌恋しい季節だからか、誰かと過ごす時間がたくさん設けられている気がする。

今までそんなふうに改まって考えたことがなかったはずなのに、去年までの冬とは比べ物にならない冬がここにあった。

「えっ、じゃあ……丹羽先生に告白するってこと……？」

「まぁそうなるかなぁ～」

「ぜ、全然ありだと思う……！　頑張ってゆっこ……！　応援してるね……！」

「かなの……!!　ありがとうマイエンジェル……!!」

次に近づくのはバレンタインだ。

女の子の一世一代の告白チャンス。

ゆっこも丹羽先生に本命チョコを渡すらしいのだけど……。

噂によると、丹羽先生が今まで生徒からのプレゼントを貰ってくれたことは無いらしい。

「おーいそこの女子集団！　サボらず走れーー」

「普通こっんな真冬の季節にマラソンさせる⁉　ドS鬼畜教師ーーっ!!」

「なんだぁーー？　もう三周追加してくださいってーー？」

「言ってない言ってない……！　なんでもないでーーすっ!!」

これが若き体育教師、丹羽健《たける》先生のノリだった。

男子には同年代の友達、女子にはちょっと意地悪なお兄ちゃん。

だからこそゆっこのライバルって、意外とたくさんいると思う。

……そこは私も似たようなものかもしれないけれど。

「せーんせ！　先生って甘いものすきー？」

「バレンタインは貰わねーぞ」

「……」

わっ、ゆっこ即答されちゃったけど大丈夫かな……？

やっぱり一筋縄にはいかないらしい丹羽先生の攻略。

けれどゆっこはめげずに「生チョコ？　トリュフ？　それともカップケーキ？」なんて笑顔で続けていた。

「人気教師っつーのはな、一つ貰っちまうと果てしない量に増えるんだよ」

わぁ……。

丹羽先生ってそういうことを自分で言ってしまうような人だったんだ……。

いつものゆっこなら呆れた顔をする場面だけど……恋する女の子は違うらしい。

先生のちょっと意地悪な言葉すら、ゆっこには逆効果。

ボッと珍しいくらいに赤くなったほっぺ。

照れたように、だけど切なそうなはにかみを落としていた。

がんばれ……がんばれゆっこ。

二人を見守るように、生徒が居なくなった授業あとのグラウンド端にて、私は陰から応援。

「っ、丹羽先生っ！」

「……なにしてんだお前」

するとゆっこは先生にもっと近づいて、腕をぎゅっと抱え込むように掴んでしまった。

「もう一回言うぞ。なにしてんだお前」

「腕つかんで上目遣いで見つめてるっ！　男は女の子のこういうあざとさに弱いってよく聞くから！」

「……はあ。おまえ、明日の体育は荷物運びだぞ笹倉」

「全然いーよっ？　先生のお願い聞けるなんてうれし～！」

「よし、いい返事だ」

ゆっこすごく頑張ってるけど、ゆっこが期待しているような効果は薄い気が……。

余裕そうに見せつつも顔が真っ赤なゆっこ。

そのドキドキが私にも伝わってくるみたいで、同じように緊張してくる。

私も櫻井くんに自分から手を繋いだことなんかないし、ぎゅってしてくれたのも櫻井くんからだった。

「いつか私も……、自分からできる日がくるのかな……」

手を繋いだり、ぎゅってしたり。

それからいつかは櫻井くんと……、——……キス、とか。

「っ……!!」

改めて考えていたら、居ても立ってもいられず覗き見は中断。

すぐに走って下駄箱に逃げた。

だって婚約者だから、つまりゆくゆくは結婚で。

結婚ってことは……その先もずっと一緒にいるってことで。

普通とはちがう形からのスタートだけれど、そこには愛情だっていずれは入ってきたりするのかな……。

そうだといいな……。

「……でも私と櫻井くんは……お付き合いでは、ないんだよね……」

いきなり婚約者だから。

お付き合いとか、ごく一般的な手順なんか簡単に飛び越えてしまっていて。

ちょっとだけ憧れてた。

私の彼氏はこの人ですって、誰かに紹介したりするの。

女の子なら一度は誰だって憧れると思う。

「求めすぎ……！　求めすぎだよ……っ、いまだってありえないくらい幸せなのに……」

自分の中に生まれつつある貪欲な部分と、どうしようもないわがまま。

考えないように頭を振ったあと、ふとあるものが無いことに気づく。

「あれ……？　私の上履きは……？」

私の場所にあるはずの上履きが消えている。

誰かが間違えて履いてしまったとか……？

ううん、そんなの気づくはずだ。

「……っ」

けれど、それだけじゃなかった。

下駄箱の奥に入っていた紙切れには、〝地味女のくせに調子に乗るな〟の文字。

そんな上履きは離れた場所で発見した。

「あれ……？　お弁当がない……」

「え？　忘れたのー？　珍しいじゃん」

それからまたある日は、朝はちゃんと持ってきていたはずのお弁当がロッカーから消えていた。

「あたしの分けてあげよっかー？」

「……ううん、購買で買ってくるね」

また隠されちゃったのかな……。

いつの間に……？　ぜんぜん気づかなかった。

いじめ……？

それとも単なる嫌がらせ……？

「……あった」

お弁当箱は裏庭のごみ捨て場前に置かれていた。

購買に向かいながらもどこかにあるんじゃないかって探していると案の定、まるで「これはゴミです」と見せしめるかのように置いてあって。

「なんで……、どうして……」

毎朝忙しいなかでもお母さんとおばあちゃんが作ってくれるお弁当を、ぎゅっと抱きしめる。

普通の生活、お嬢様じゃなくて、普通の高校生活。

そんなものにいつも憧れていた私は、お嬢様が通うような名門私立高校じゃなくて。一般的な私立高校を受験したいと、両親に告げた中学三年生。

お父さんもお母さんも反対なんかしなかった。

「かなのの人生なんだから好きに生きなさい」と、背中を押してくれて。

そうやって私が家柄を隠してまでも生活できているのは、もちろん家族の支えがあったからだ。

「由比さん……？　――――！！」

たまたま通りかかった櫻井くんは、裏庭に立ちすくむ私が泣いていることに気づくと。

血相を変えるように走り向かってくる。

「誰に……泣かされたんですか、クラスメイトですか？　それとも……剣道部のマネージャー？」

「……わからないの」

怒っている。

櫻井くんは落ち着けるように深く息を吸って吐くと、私の手を引いた。

私が泣いている理由は、自分が関係しているんじゃないかって思っているんだろう。

「おかしいんですよ」

「え……？」

授業以外のときは生徒が滅多に近寄らない理科室。

そこへ連れてくると、ドアをぴしゃりと閉めた櫻井くんはつぶやいた。

「おかしいんです、前の試合のとき」

前の試合のとき……。

それはきっと前に応援に行った試合での準決勝のことだ。

あれからリハビリの成果あってか、今は通院頻度も減っているらしく。

まだ完全ではないけれど、部活には出来るだけ参加しているらしい。

ただ前回のペナルティとして当分の試合では補欠扱いだと、櫻井くんは少し前に教えてくれた。

「俺にわざと足をかけた選手がいたでしょ。あの人とは中学の頃から何度か試合をしてるんです俺」

だから、わりとどんな攻め方をしてくるか知ってる——。

櫻井くんは静かな声で続けた。

「あの人は今まで一度も反則技を使ったことなんか無かった。そんな人でもないことは俺も知っているんです。……なのに足を蹴ってきた。おかしいんですよ、あの試合」

おかしい。

その言葉だけで、並々ならぬ恐怖感が全身をほとばしってくる。

「これは俺の勝手な憶測ですけど、……誰かに命令されたんじゃないかなって」

「え……、命令……？」

震える声で反応した私に、櫻井くんは間を取らずにうなずいた。

「そう考えてしまうくらい、俺が知ってるあの人は悪い人じゃないんで」

試合が終わって、表彰式も私は最後まで見ていた。

櫻井くんには負けてしまったけれど、その選手だって順位として見れば輝かしい三位。

それなのに全然嬉しそうじゃなかったから、違和感があったことを覚えている。

なにかに後ろめたさを感じているような、心からの笑顔ではなくて、むしろ顔は引きつっていた。

「なので命令したそいつを俺が見つけて殺します」

「えっ、だ、だめだよ……！　そんな危ない言葉は使っちゃだめ……！」

「……じゃあ、半殺しにします」

変わらない、たいして変わらないよ櫻井くん……！

でも私も泣いてしまったし、その選手とは良きライバルでもあったのだろう。

櫻井くんは無表情ながらにもキレていた。

「それを片付けないと……俺だって由比さんに気持ちを伝えられませんから」

「っ」

「だから早く見つけてころ……半殺しにします」

もし本当に、その選手に命令をした存在と私に嫌がらせのようなものをした存在が同一人物だったとするなら。

剣道部とも関わりがあって、私のことだって知っている人ってことになる。

そんな人は──……思いつくかぎり一人だけじゃないかって。

だけど、完全には言い切れないところもあるのだ。

だって私と櫻井くんが婚約者だということを学校中に広めたほうが、私を苦しめることが出来るのに。

彼女はそうはしていないから。

だから横山さんではないのかなって、思っている部分のほうが大きい。

「さ、櫻井くん……！」

主張するように名前を呼んでみると、考え事をやめてすぐに顔を向けてくれる。

どうかしましたか、

なんですか？　なんでも言ってください。

櫻井くんの目だけで十分に読み取れてしまう優しい気持ちだ。

「櫻井くんは……えっと、甘いもの、すきかな……」

「あまいもの……？」

「チョ、チョコとか……すき……？」

堅苦しい話は今は終わりにしたかった。

だって、せっかく櫻井くんと二人きりになれてるから……。

すると櫻井くんは何かをぐっと堪えるようにしながらも、ゆっくり近づいてくると。

「わ……っ」

そっと、包み込むように私に腕を回した。

抱きしめられてる——……。

ちゃんとそう思える間違いのない二回目だった。

「さっ、くらいくん……っ、わっ」

「……俺、由比さんを前にすると我慢できなくなるんです」

「が、がまん……？」

「はい。もっと触りたいっていうか……順序なんか要らないって思うときもあって、」

くすぐったい……。

耳に、ほっぺに、背中に、私の身体中に櫻井くんの甘さが広がってくるみたい。

「あの、……順序は、やっぱり大切ですか」

「えっ、た、大切だと……っ、おもう……かな」

「……そう、ですよね」

櫻井くんが言っている〝順序〟というものが何を意味しているのかも分からないまま。

会話だけがどんどん先へ先へと行ってしまう……。

「いやそうだ、そうに決まってる。ごめんなさい、俺……由比さんからバレンタイン貰えるんだって思ったら浮かれたみたいで」

「っ、……ふふっ、私も楽しみ」

初めて男の子に作って渡すチョコレート。

しかもそれは、本命も本命の大本命だ。

「……あの、やっぱり……順序は大切ですか」

また同じ会話をリピートした櫻井くん——。

そしてやってきたバレンタイン当日の朝は。

校舎に入った瞬間に感じ取れてしまう、生徒たちのそわそわ感。

「おっはよーかなの！　はいこれっ！　バレンタイン〜！」

「ありがとうゆっこ！　私もこれ……」

「えっ！　なにこれガトーショコラ!?　美味しそ〜!!」

甘すぎないようにして、上にはチョコペンでデコレーション。

案外簡単なんだよ、と笑った私をむぎゅっと抱きしめてくるゆっこ。

「ゆっこ……！　くるしいっ」

「隠れオオカミくんにも渡すの〜？」

「っ……！」

ニヤニヤしながら、こそっと言ってくる。

〝隠れオオカミくん〟って表現だけで誰のことなのか分かってしまうようになった私も私だ。

ごめんね、櫻井くん……。

「う、うん……、喜んでくれるといいな……」

「あんなやつ、かなのから貰えるなら、そこらへんに生えてる雑草でも喜びそうだけどねぇ～」

そんなゆっこから貰ったチョコチップ入りのカップケーキは、嬉しさに食べるのが勿体なく思ってしまうくらいだ。

丹羽先生にも渡せるといいねと、心の中で伝えた。

「優子～！　かなのちゃんも！　はいこれチョコ！」

「えっ、あたしらにもいいの⁉」

「いーのいーの！　一応クラスメイト全員に作ってるから！」

「マジで⁉　すごっ‼」

そこまで絡んだことのない後藤《ごとう》さんから渡された、型抜きチョコ。

ホワイトチョコレートと組み合わせられていたり、丁寧なデコレーションがされていたり。

これを全員分だなんて……感動だ。

「あ、ありがとう後藤さん……」

「いーえ！　……お家に帰って味わって食べて？　かなのちゃん」

「うん」

ゆっこと関わって、櫻井くんと話せるようになって。

それは困ることばかりじゃなかった。

今までは地味で目立たない私だったのに、こうして変わったこともある。

「……よし」

その日、櫻井くんと学校で顔を合わせることはいつもより少なくて。

だけど私にとってはここからが本番だった。

今日はどの部活もお休みだと知らせてくれたのは櫻井くんで、お返しするように一緒に帰ろうとメールで誘ったのは私だった。

そこでチョコを渡して——……櫻井くんに自分の気持ちを伝える。

「だいじょうぶ、練習通りやればいいんだよ私……」

婚約者だから櫻井くんと仲良くしたいわけじゃなくて、好きだから婚約者なんだよって。

日直だったこともあって、普段よりゆっくり書いた学級日誌。

待ち合わせ場所は昇降口、一年生の下駄箱前にて、生徒たちが完全に下校した時間。

「なんか……お腹空いてきちゃった……」

緊張からかな……？

告白してる最中にお腹が鳴ってしまうなんてことにはしたくない。

「そうだ、後藤さんからの型抜きチョコがあったよね……！」

これを食べたら学級日誌を職員室に届けて櫻井くんの元へ向かおう。

手軽に食べられるサイズの可愛いチョコレートをひとつ、緊張と幸せな気持ちで口に入れたときだった。

「う……っ!!　ごほ……っ、ごほ……！」

にがい、からい、しぶい。

それは食べ物の苦手な味覚をすべて集結させたような味で。

反射的にも取り出したティッシュに戻してしまった。

「……なに、これ」

不味《まず》い……。

あんなに笑顔で渡してくれたから信じられなかったけれど、これは到底食べられる味には思えなかった。

私の味覚がおかしいのか、残りのほうは違うかもしれないと。

「う……っ！　けほっ」

やっぱり同じだった。

水飲み場に駆けていって、うがいをする。

思い出すだけで怖くなってしまうくらいの衝撃だった。

「ちがう……、みんな食べてた……」

クラスメイトの男の子も女の子も、ゆっこだって。

美味しいって言って食べてたはずだ。

そういえば後藤さんは「お家に帰って味わって食べて」って、私には念押しをしてきたような気がする。

「私だけ……なの……？」

愕然《がくぜん》とした気持ちで、学級日誌をパラパラと捲ってみる。

「っ……」

文化祭準備のとき、私に足をかけたのも。

すれ違った瞬間に刺々《とげとげ》しい言葉を送ってきたのも。

隠された上履き、冷たい文字が書かれた紙切れ、ゴミ捨て場前のお弁当。

「ごとう、さん……」

そこに書かれる過去の文字が、紙切れで見たことがある字だったから。

すこしクセのある丸い文字。

後藤さんだったんだ――……。

いろんな気持ちがぐちゃぐちゃになって、思わずトイレに走った。

「櫻井……くん」

本当に私なんかと婚約者でいいの……？

私たちは不釣り合いだから、今みたいな矛先が櫻井くんに向かうかもしれないんだよ。

もしかするとゆっこにも向かっちゃうかもしれない。

それを防ぐ方法は、ひとつだけ。

私が櫻井くんと関わらなければいいの。

「嫌だ……、櫻井くんと一緒にいたい……っ」

私はもう、櫻井くんの良いところや優しいところを知りすぎてしまった。

今さら離れるなんて出来ない。

櫻井くんはそんなのきっと望まないって、そんなふうに自惚れちゃってる私もいる。

「あいり～、結局作戦は成功したの？」

「全然。ほんと、どれも使えなくてゴミ」

個室にいる私には気づいていないみたいだった。

鏡の前に立っているのだろう声は二人。

一気に桃のような香りが女子トイレに広がって、まだ帰っていない生徒はいたらしく。

声を押し殺しながら気配を消した。

「てか婚約者だっけ？　櫻井主計の家柄は有名っぽいけど、相手はヤバいんでしょ？」

「そう、ヤバい。そのわりにはちょこまかと櫻井に引っ付いて目障りなのよね」

疑問だった考察は、どんどん確信へ変わってゆく。

それまで婚約者という言葉を知っていたのは私と櫻井くん、そしてゆっこ以外には居なかったはずなのだから。

新たにいるとすれば、そう、ひとりだけ。

「てかイマドキ婚約者ってなに？　キモすぎ」

「じゃあそんな相手がもし、あたしだったら？　キモい？」

「……それは、納得するかなぁ～」

「でしょ？　相手があんな地味女だからキモいのよ」

あいりも性格ヤバいけどねぇ～と、片方は笑った。

恐る恐る、ゆっくりと、静かに鍵を外して扉を開けてみる。

小さな小さな隙間、数センチでいい。

「……！」

その先にいるのはアイドルのようなツインテールをした、剣道部マネージャーの二年、横山さんだった。

「櫻井だけはぜったい手に入れる。あたしは欲しいと思ったものは手にしないと気が済まないの」

「うわー、こっわ～」

「だから試合のときだって、あたし自分の身を投じたのよ？」

「自分の身？って？」

櫻井くんのために、なにより自分のために。

たとえ耳が痛くなる会話だとしても聞かなくちゃだめな気がした。

あの試合で彼を苦しめた理由が、ここで分かるのならそれで。

止められなかった私のせいでもあるし、なにより相手校の選手だって色んな意味で悔しい思いをしたはずだ。

「ぜんっぜんタイプでもない男に一回ヤらせてあげるって言ったの」

「……その代償は？」

「準決勝で櫻井主計のアキレス腱を断裂させること」

あのとき腫れた左足首を見つめながら青白い顔をしていた櫻井くんも、痛みに耐えながら戦っていた決勝戦も。

櫻井くん、あなたの憶測は大当たりだった。

けれど苦しい思いをしていたのは櫻井くんだけじゃなく、反則ギリギリを故意的に出してしまった相手校の選手もなのだと。

「それであたしが櫻井の傍で毎日心配して好きになってもらう計画だったのに、大失敗」

あの日、試合のあと。

私が止めなかったことに声を上げて怒った横山さんは、本当に櫻井くんのことを心配していて、それくらい仲間のことを大切にしている頼れるマネージャーさんだったのに。

けれど実際は、こんな欲にまみれた計画のためだけの嘘だったんだと思うと悲しくてたまらなかった。

「結局そいつは櫻井と知り合いだったか知らないけど断裂させれなかったし。櫻井は勝っちゃうし、あの地味女は邪魔してくれるし！　ほんとゴミ!!」

許せない……。

どうしてそこまでみんなに酷《ひど》いことが出来るの。

「あの地味女のクラスにもあたしの下っぱがいるはずなのに、ぜんっぜん変化ないしさぁ。ちゃんといじめれてんのかって話」

それを聞いてすぐに思い浮かんだのは後藤さんだった。

彼女も試合のときの相手選手と同じで、なにかの報酬の上に横山さんに動かされているひとりだったんだと。

「今日だってマネージャーとして渡したチョコすら貰ってくれなかったし。地味女だけじゃなく、櫻井にもちょっとだけ灸《きゅう》を据えておかなきゃかなぁ」

だめ、そんなの絶対だめ……。

それだけは絶対にだめ、やめて。

なにをするの、櫻井くんに……あなたはこれ以上なにをする気なの。

「部員なんかほとんどあたし目当てだから、ちょーっと上目遣いしただけで騙《だま》されてくれる。練習で怪我を悪化させろとでも言っておこうかな」

「……あいりってさー、ほんとに狙った男には容赦《ようしゃ》ないよね」

「櫻井と付き合えるなら他なんかどーでもいいの。だって金持ちであのルックスよ？そのためにはどうにかしてでも──……由比かなのには消えてもらわなくちゃ」

じゃあもし櫻井くんと横山さんが付き合えたら、櫻井くんを苦しめるのだけはやめてくれる……？

櫻井くんを笑顔にしてくれる……？

私が彼の傍からいなくなれば、周りにいるみんなを傷つけない……？

気づいたときには悪魔のような二人はいなくなっていて、ひとしきり泣いた私は静かに個室から出た。

＊

櫻井side

「……なにかあったのかな由比さん」

待ち合わせた時間は過ぎていた。

下駄箱を見るとローファーが入っているから、まだ校舎内にいるはずだ。

由比さんのクラスへ様子を見に行こうか迷ったけど、こうして待っている時間も俺は大切にしたかったから。

初めて本当に欲しいと思った女の子からバレンタインチョコが貰える。

毎年毎年この日は両手では抱えきれないくらいの数を渡されてきたけど、今年だけは誰だとしても断った。

「にしても遅いな……」

なにかあったんじゃないか。

メッセージを数件送ってはいたけど、返信も既読もない。

心配になって教室へ向かおうとしたとき、奥からゆっくり歩いてくる女の子がいた。

遠くを見つめるように、「……櫻井くん」と俺を呼ぶ声も弱々しくて。

「由比さん……！　なにかありましたか？　遅いから心配して」

「……うん……、ごめんね」

元気がない、覇気《はき》もない、というより俺と目を合わせてくれない。

いつもより小さく見えて、今にも消えてしまいそうにも見えた。

「っ、櫻井くん」

ふるっと震えた唇をぎゅっと噛んだ由比さん。

俺を前にするといつも頬を赤く染めるのに、今日は逆だ。

むしろ顔色が悪いんじゃないかと思ってしまう。

「由比さん……？」

「ご、ごめんなさい……、今日、一緒に帰れない……です」

「え……、用事とかですか……？」

「……うん、もう……一緒に帰れないです、」

敬語に戻った。

最初は頑張っていたけど、最近はずっとずっと由比さんらしく柔らかい言葉で話してくれてたのに。

もう……一緒に帰れない……？

その言葉が妙に引っかかる。

手にもチョコレートと思われるものは持っていなくて、俺の心は少しだけ不安だった。

「ご、ごめんなさい……っ」

「由比さん……!!」

「っ……」

ペコッと頭を下げて俺の前から逃げてしまいそうだったから、剣道で培《つちか》った反射神経を使って引き留めた。

掴んだ腕が想像していたよりずっと細くて柔らかくて、愛しさが込み上げてくる。

それなのに……やっぱり不安が渦巻いて。

「も、もう……私に……関わらないでください……っ、もう話しかけるのも……だめです」

「……なんで、ですか」

頭が一気に重くなる。

呼吸をすることも忘れてしまうくらい、平静を保てないくらい必死だった。

「ごめんなさい……、ごめんなさい……っ」

理由は話さず、何度も何度も謝ってくる。

泣きそうで、だけど早く俺から離れなければ……なんて焦りも見えて。

いや、たぶんとっくに泣いてたんだろう。

泣いて泣いて、やっと涙が枯れた頃に俺に会いに来てくれたんだ由比さんは。

「俺のことが……、嫌い、ですか」

「……だめなんです……っ、だめなの」

「嫌いですか、俺のこと」

ズルい、俺はズルい。

そこで否定をして「好きです」と早く言ってほしくて。

でも由比さんはふるふると首を横に振るだけで。

そんな由比さんもズルいと思った。

「婚約は……、やめます、もう私のことは気にしないで……忘れてください……っ」

「――……いやだ」

「っ……！」

そんなの、嫌だ。

由比さんの腕を掴む力が無意識にも強くなった。

なにか嫌われるようなことをしてしまったなら謝る。

俺のどこかに嫌なところがあるなら直すし、もう二度とそんなことはしない。

もっと笑って欲しいとか、愛想良くして欲しいとか、そういうものだったら俺は由比さんだけには見せれるように努力する。

というか、由比さんには見せてきたつもりだ。

「俺は……嫌だ、嫌です……。由比さんとこれから色んな経験を一緒にして……たくさん思い出を作りたい」

「っ、だめなんです……、お願いします……っ、ごめんなさい……」

どうにかしてでも俺から離れてしまいそうな空気感だった。

そうしなきゃ駄目って、俺はなにがなんだか全然わからない。

「かなの」

「……っ」

順序なんか知るか——。

俺は由比さんが逃げないように両手で肩を掴んで、顔を近づけた。

ゆっくり、だけど逃げられないように。

婚約破棄なんか嫌だ。

俺はこの子を幸せにしたいって、守りたいって、ずっと守ると決めたんだ。

「や、櫻井くん……っ」

「逃げんなよ」

「っ」

謙虚で小さな唇に向かう。

由比さんはかわいい。

由比さんは、すごくかわいいんだ。

そう思ったら止められなかった。

「だ、だめ……っ!!」

「……」

「だめなんです……っ、できない、しちゃだめなの……っ」

唇と唇が合わさる寸前、押し返すように由比さんなりの抵抗がされた。

顔も勢いよく逸らして、俺を精一杯に弾き返した。

拒否……された……。

そうされるとは思っていなかった。

だって俺と関わるときの由比さんは、いつも期待しているから。

そんなふうな目でいつも俺を見ていたから、俺だっていつも応えたいと思ってた。

俺が嫌いだった他の女子からの期待とはまったく違う、ドキドキを生んでくれるものだった。

そんな俺の期待も生んでくれるものが、今までの由比さんの目だったはずなのに。

「俺のこと……きらい、なんですね」

「っ、ち、ちが……っ」

「いいんです。俺のほうこそ……困らせてしまってごめんなさい」

どうして泣いてるんだ。

そこまで嫌だったのなら、もっと早く言ってくれれば良かった。

こんなにも無理やりしようとした俺も自分に腹立たしいし、ここまで泣かせてしまったことにも。

「た、楽しかったです、すごく……楽しかった」

「……由比さん」

本当に、これで終わるのか……？

本当に本当に、もう俺は由比さんと関われないのか……？

そう思わせられるような別れの挨拶を言ってくる。

「櫻井くんには……、もっと、お似合いな子、いっぱいいるから……」

そんなのいらない、俺は由比さんといたい。

俺は由比さんとの未来をこれからも作っていきたかった。

「私……夢みたいでした、……本当に……夢みたいで、毎日ありえないことばかりで……っ」

「……そんなの、俺もです」

「あ、足は……、大丈夫……？」

大丈夫じゃないです。

だから由比さんが手当てしてくれないと。

湿布、包帯、練習したんでしょ……？

前に由比さんのお父さんにしていたの、上手に出来てた。

だから俺にも同じようにしてくれなきゃ駄目じゃないですか――。

そんなふうに言いたいのに、言葉が詰まって言えなくて。

だから浅くうなずいた。

「初めて喋ったとき、花壇で声かけてくれて……ありがとう、櫻井くん」

さようなら――……。

一番聞きたくなかった言葉を、由比さんの小さな唇が型どった。

由比さんのチョコレートも、俺の気持ちも、なにかが邪魔をするように渡してはいけない想いだったのか。

「あ、お兄ちゃんおかえり！ またチョコたくさん貰ったんでしょ!? 今年もわたしにちょーだいっ！」

「……ない。俺もう寝る」

「えっ⁉　ゼロなの⁉　うそぉ⁉」

たぶん振られたんだ俺は。

気持ちを伝える前に振られて、婚約も破棄になった。

家に帰って騒ぐ妹を無視して、俺は自分の部屋へ向かう。

ネクタイを緩めることすらせずにベッドに倒れ込んだ。

「なんで……だよ」

由比さんは、ズルい。

だって俺のことを「嫌い」だと一度も言わなかった。

なのに離れようとして、拒んで、だけどあんな優しい言葉を最後に贈ってくる。

「まだ……なにも始まってねーのに……」

これからだった。

普通のスタートとは違った俺と由比さんの始まりだったけど、普通以上のものが着々と作られていたのに。

忘れられるわけないだろ。

由比さんのこと、嫌いになれるわけがない。

婚約者というものは俺にとっては好都合だった。

言葉や態度で表すことが苦手だったから、だけどそんなしきたりがあれば俺は由比さんと関わることが出来た。

「……っ」

文化祭、クリスマス、初詣。

由比さんと過ごした初めての季節に写る俺は幸せそうな顔をしていて。

画面の中にある確かな思い出をぎゅっと引き寄せて、今日のことは夢であってくれと強く願った。

* ゆっこのちから *

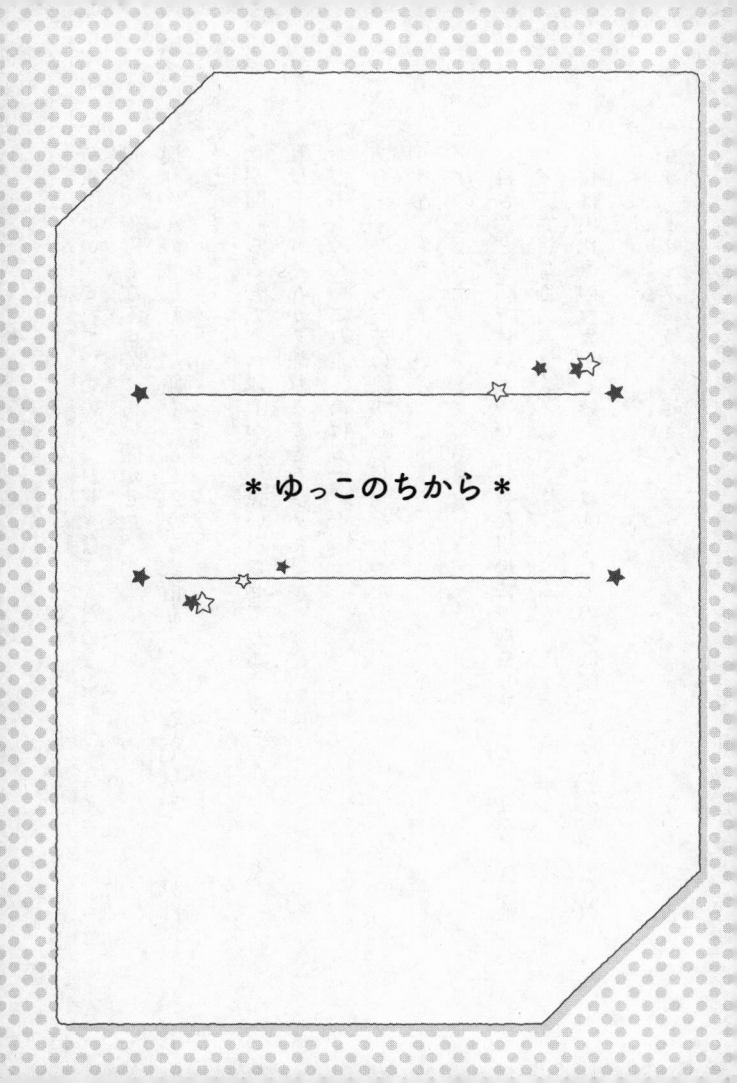

これでいい、これでいいの、これじゃなきゃだめなの。

何度、何度となく自分に言い聞かせた。

櫻井くんの悲しそうな顔も、苦しそうな表情も、そうさせてしまったのが自分だったとしても。

私が関わることでそれ以上つらい思いをさせてしまうくらいなら……と。

私は、櫻井くんから離れることを決めた。

「おばあちゃん、これ……あげる」

「あら……？　お友達に渡すものじゃなかったの……？」

「ううん、もう……いいの」

「かなの……？」

お母さんと一緒で甘いものが大好きな祖母に無理やり渡して、部屋に閉じ籠った。

あ、「ただいま」を言うの忘れてた……。

挨拶は由比家のマナーというよりは人としての最低限だと、小さい頃から教えられてきたのに。

もう……ぜんぶに気力が起きない。

やる気もなくて、ただただ喪失感と虚無感がぽっかり空いた心に残っただけ。

「渡したかったなぁ……」

じわっと浮かんだ涙を埋め込むように、ベッドに顔を押し付ける。

気持ちを伝えたかった。

好きって、言いたかった。

でも、最後にありがとうって言えた強さだけは自分で自分に褒めたい。

お母さんとお父さんにはなんて言おう……。

振られたって言おうかな。

ごめんなさいって、しきたりを破っちゃったって。

お父さんは由比家に迎えられたお婿さんで、お母さんと出会ったのも私たちのように十六歳になったときだったという。

だからお父さんとお母さんも、しきたりの上に成り立った夫婦。

けれどお母さんは「お父さん以外は考えられない」と、私に話してくれたことがあった。

たとえ親が決めた相手だとしても、そこから愛情が生まれることだってあるの――

と。

だから私だっていつか、いつかは、櫻井くんとはお父さんとお母さんみたいになれるんじゃないかって。

「うぅ……っ、ぅ……っ」

終わったんだ……。

ううん、私が自分で終わらせちゃったの。

あんなにも悲しそうな顔をさせて、私のことが大嫌いになっちゃったかもしれない。

櫻井くんのことを嫌いになんかなれるわけがないのに、彼にあんな言葉を言わせてしまった。

そんな自分が嫌で嫌で、でもこれが一番いいんだって。

櫻井くんが大好きだから、誰よりも大切だから下した決断だった。

「――い、――おい、～か、おい！　聞いてるのか由比!!」

「――っ！　ごっ、ごめんなさい…!!」

それからの毎日は。

櫻井くんと出会う前の日々よりも、ずっとずっと寂しいものだった。

「つたく、最近どこか抜けてるんじゃないか？　もうすぐ二年になるんだぞ。留年するか？」

「……しないです」

「なら授業態度、気をつけろ」

「……はい」

地味に目立たず生きていた私は、ここまで先生に注意されたことなんか無かった。

なにやってるの、ちゃんとしなくちゃ……。

「かなの、今日もお弁当ナシ……？」

「……うん。食欲がなくて……」

「だからって野菜ジュースだけじゃ倒れるでしょ。見てるあたしが心配になってくるんだってば」

「ご、ごめんね……。でもこれしか喉を通らないの」

家では心配かけさせまいと、出されるご飯はちゃんと食べている。

それもかなり無理してて、だから学校ではあるがままに過ごしていた。

お母さんとおばあちゃんには「当分は購買で買いたい」と嘘を言って。

「それじゃあ隠れオオカミプリンスが心配して飛んでくるよー？」

「……もう……来ないよ」

「……」

学校でも極力すれ違わないようにしているのは、私。

どうしても鉢合わせしてしまうときは目を合わせないようにしてる。

そうすれば櫻井くんも声をかけてこないから。

そもそも、あんなにひどい言葉をたくさん浴びせた女になんか関わりたくないはずだ。

これでいいの。

これで……横山さんだってきっと。

「ねぇ付き合ってるのかな？　あのふたり！」

「そうなんじゃない？　昨日も話してるの見たし」

「お似合いすぎて何も言えなーい！」

そんな新しい噂が多くなった。

私がいなくなったことで、横山さんと櫻井くんの距離はあっという間に縮まったらしい。

「まじ由比さんじゃなくて良かったぁ」

「本当だよねぇ、これで安心安心！」

だから私は今まで以上に目立たず、気配と影を瞬時に消す。

文化祭、クリスマス、お正月。

本当に夢みたいな日々だったと、スマートフォンに入った数少ない思い出を振り返った。

「っ……」

文化祭はツーショットはないけれど、スクリーム姿の櫻井くんの後ろ姿だけを盗撮したりして。

お父さんとお母さんと櫻井くんと私で初めて迎えたクリスマスでは、四人で撮ったものと、お母さんが撮ってくれた二人での写真があった。

それからお正月の初詣は四つのおしること、櫻井くん。

ふたり並んだ一枚では初めてピースが出来たんだっけ……。

幸せそうに笑ってる——……。

いいの、いいんだよ。

これで大好きな人を守れたんだから。

「櫻井！　足はどう？　ちゃんと通院してる？」

「……平気です」

「も〜、いつも無理するんだから。あとで見せてね？」

どんな顔で言ってるの、どんな気持ちで怪我の心配をしているの。

背中に聞こえた会話を見ないように私は走った。

我慢して、我慢して、我慢して、それで残るは——。

「もう……大丈夫だよ」

「……！」

日直で残っていた後藤さんに、そう伝えた放課後。

後藤さんはバレンタインの翌日から私によそよそしかった。

けれど何も言わない私に、どこか何かを感じていたのだろう。

はっと、今も震える目で見つめてくる。

「もう私は櫻井くんとは関わらない。だから……後藤さんも横山さんに縛られなくて、大丈夫だよ」

「……どう、して」

あんなにひどいことをしたのにって？

やっぱりあのチョコレートは、私を陥《おとしい》れるつもりのものだったんだ……。

「ごめんね、後藤さん。……私のせいで後藤さんも苦しめちゃってたかもしれない」

「……バカじゃないの」

「……うん。だから横山さんにも、そう伝えといてくれるかな……」

返事は無かった。

それでも私から逸らすように日誌に目を落とした後藤さんの手は、震えていて。

本当にバカだね。

私は本当にバカでバカで、でも好きってこういうことだと思う。

好きな人の幸せが一番なんだよ。

その人が笑って過ごしていることが、いちばんなの。

「チョコ、ありがとう。ゆっこ以外で貰えたのは後藤さんだけだったから……すごく、うれしかった」

「っ」

「……また、明日ね」

静かに教室を出たところで、見慣れた顔が待ち伏せていた。

私と後藤さんの会話をずっと盗み聞いていたらしいゆっこ。

いつものゆっこらしさはなくて、だから代わりにぎこちない笑顔をつくる。

「ちょっとおいで」

「ゆっこ……？」

「いーから来るの!!」

「わっ……！」

ずかずか近づいて、戸惑う私の手をぐいっと引いてどこかへ向かってゆく。

どうしてゆっこが泣きそうなの。

どうしてゆっこが、そんなにも怒っているの。

「なにがあったの」

「な、なにもないよ……？」

「ねぇ、友達ナメんなよ」

……いつもより怖い。

ゆっこって、カチッとスイッチが入ると人が変わるところがある。

櫻井くんに対しても平気で失礼なことをたくさん言ったりもしてたから……。

連れてこられた場所は屋上だった。

普段は開放されていないのに、むしろ立ち入り禁止なのに、どういうわけかゆっこが鍵を持っていて。

「櫻井くんともまったく話さないしさ、向こうだって今まで以上に死んだ魚の目してるし」

今まで以上って……。

ゆっこから見た櫻井くんって、いつもどう映ってるんだろう……。

「かなの、いつも泣きそうなの自分で分かってる？　それ見てみぬふりして生活するあたしの気持ちよ!!」

「ご、めん……」

「謝らなくてい―の!!　もっと頼れって言ってんのよあたしは……っ!!」

ゆっこの気持ちは痛いくらいに嬉しい。

嬉しいけど、これしかなかった。

これが最善の選択だった。

わかってゆっこ、私はね、櫻井くんの隣に居ちゃだめな存在だったんだよ。

「あたし、丹羽に綺麗サッパリ振られたわ！」

「え……」

「それがねぇ、やっぱりチョコすら受け取ってもらえなくって！　それで……本当は今もすごく落ち込んでる」

「ど、どうして教えてくれなかったの……？」

ゆっこ、今までどおり笑ってたから全然わからなかった……。

気づいてあげられなかった。

私は私のことにいっぱいいっぱいで、こんな近くに落ち込んでる友達がいたのに……。

「それがあたしの気持ち」

「……あ」

「そう、分かったでしょ？」

揺れる瞳を誤魔化そうにも、まっすぐ見つめてくれちゃうから駄目だった。

気づけばポロポロ流れて、地面に落ちる涙。

私がひとつひとつ話すのを、ゆっこは黙って聞いてくれる。

櫻井くんとのこと、試合でのこと、横山さんのこと、後藤さんから受けたすべて。

そして――……私が下した決断。

ぜんぶを話し終わったとき、私はゆっこに抱きしめられていた。

「あーもうっ！　さいってい……っ!!」

「ゆ、ゆっこ……？」

「こんなに近くにいて気づいてあげられなかった自分がっ、最っ低……っ」

涙腺は、滅びた。

ぱちんっと切れて、だって私よりもゆっこのほうが泣いてるから。

あんなこと本当はしたくなかった。

ずっと櫻井くんと一緒にいたかった、それなのに自分に嘘をついて櫻井くんを傷つけてしまった。

取り返しのつかないことをしてしまった。

そう思えば思うぶんだけ、ゆっこの腕の力は強まって、私を泣かせてくれる。

「うぅっ、ぁぁぁーーっ、っ……っ」

「……かなの」

初めてだよ、こんなに泣いたのって。

いつも泣かないようにしてた。

周りからどんなに冷たい言葉を言われたって、それが当たり前だよねって無理やりにも妥協して。

「っ、ぅぅ……っ、ぅぅ……、っ、あんなこと……言いたくなかった……っ」

「……うん」

「櫻井くんに嫌われちゃった……っ、ほんとうは、離れたくなかった……っ、ずっと、一緒に……いたかった……っ」

釣り合わないのなんか最初から知ってた。

初めて櫻井くんが私の家に来て挨拶を交わしたときから、どうして？　ばかりだったから。

こんな私にあんなにも優しい顔をしてくれて、あんなにも微笑みかけてくれて。

たとえそれが〝しきたり〟の上に成り立っていたものだとしても、私はそれで十分だったの。

「なんでひとりでぜんぶ背負って我慢してんのよ……っ、バカ……!!」

「だって……っ、だってっ、私のせいで……っ、櫻井くんやゆっこに迷惑がかかるから……っ」

「そんな迷惑なら喜んで受けてやるわ……!!」

たくさん泣いて、たくさん責められて。

その分たくさんの気持ちを伝えて。

そうしていると、どうして泣いてたんだっけ？　なんて顔を見合わせて笑い合って。

メイクが取れたと嘆くゆっこへ、「しなくても可愛いよ」と言ってみる。

「あんたのほうが可愛いわっ!!」

「えっ……そんなの絶対ない」

「いやある!!　かなのってなんでそんなに自信ないの？　その隠れオオカミだってあたしと同じこと思ってるはずなのに……」

「……櫻井くんは、優しいから」

本当に優しさだけ……？

優しさだけで、あんなにも温かい目をしてくれる……？

私の中にいる、櫻井くんの素敵なところを知ってしまった私は言っていた。

「かなの、かなのはどうしたいの？　本当の本当に、そのマネージャーに櫻井くんを渡しちゃっていいの？」

嫌だ、渡したくない。

飛び出しそうになって引っ込める。

「それで櫻井くん……いや、独占欲しかないかなの溺愛《できあい》隠れオオカミプリンスが幸せになると思う？　あたしはそうは思わない」

なんかパワーアップした名前になった……。

覚えるのが大変だけど、隠れオオカミっていうのはやっぱり外さないんだ……。

幸せ……、だって、誰もが認める二人だ。

櫻井くんと横山さんが並んで立っていれば、関係ない誰かが傷つくことだってない。

嫌がらせだって受けない、周りから祝福もされる。

「もしあたしらのことを守ろうとして自分の気持ちを誤魔化してるのなら——……そ

んなにあたしらを見くびんなって話よ」

「靴……、隠されちゃうよ……？　すっごい美味しくないチョコ食べさせられるよ……？」

「余裕ね〜？　逆にありがと−うって言ってやるわ。それに、剣道部絶対的エースなら、好きな女くらいは守れる強さが備わってなきゃおかしいでしょ」

なんのための剣道よ——と、容赦なく続けてくる。

やっぱりゆっこは櫻井くんに当たりが強い気がする……。

「え……、好きな女……？　誰のこと……？」

「……はい？」

「櫻井くん……私のこと、好きじゃないよ……？」

「……はい？」

「だって……そういうの、一回も言われてないから……。婚約者だったから櫻井くんは仲良くしてくれてたの」

お付き合いもしてない。

〝好き〟なんて言葉は私も言えていなければ、言ってもらったこともない。

「はぁ～～～～、あーー、もう……、はあ～～～～～？？？」

わざとらしく、けれど本気。

そんな長い長いため息だった。

「ピュアとかのレベルじゃないわ……。え？　あんな独占欲ふり撒《ま》いておいて？？　あいつなんの進歩もないの⁉　まじで⁉　嘘でしょ⁉⁉」

「え……？　どういうこと……？」

「うっわぁ……、婚約者ってのに甘えてたな、あっんの隠れオオカミ……」

御愁傷様《ごしゅうしょうさま》、と言うように哀れんでくる友達。

「あっ、でも……手つないだり……ぎゅって、してくれたよ……」

「だったら言えよ‼　言葉を言えぇぇ‼　なんでそれだけが言えないの、隠れオオカミは……‼　だから今だってっ、こんなもどかしい時間を繰り返してんでしょーがっ‼」

「……櫻井くんは、いろんなことを片付けないと伝えられないって……言ってたから……」

ゆっこはピタリと止まった。

なにかを考察してから、納得したように首を軽く何回か縦に振った。

「なら、あたしに任せて。そのあとはあんたの婚約者がどうにかしてくれる」

婚約者……。

もう意味のない言葉なのに、ゆっこはそう言ってくれる。

それが本当はすごくすごく幸せだった。

「んーじゃあ！　どっか寄り道して帰ろ！　映画でも観てく～？」

「……うん」

私はたくさんの人に支えられている。

ひとりじゃ抱えきれないと思っていたことだって、話すだけで全然ちがう。

そんなものを誰よりも実感した。

＊

優子side

「部活あるんで」なんて言われれば、「サボれ」と即答。

「日直なんで」なんて言われれば、「クラスメイトにやらせろ」と即答。

「暇じゃないんで」なんて言われたならば、「振られて暇だろ」と傷をえぐる。

よし、なんとか誘い出す煽りはこれくらいかなっと。

頭の中でシミュレーションしながらお隣クラスへ迷いなく向かった、ある日の放課後。

「話、あんだけど」

ドアの前でなんて、届かない。

だから一年A組に無断で上がり込んでまでも、教科書をリュックに詰め込む人気者の前に立ったあたし——笹倉優子。

一番の友達には〝ゆっこ〟なんて愛称で呼ばれている。

「えっ、なに、告白……⁉」

「まさかの呼び出し⁉」

騒ぎ出す周りの害虫共を気にすることなく、もう一度「話、あんだけど」と、まったく同じ言葉を繰り返した。

じっと見つめ合うこと数秒。

ちっくしょう……顔がいい。

「わかった」

「え⁉　マジ⁉　お前いつも断ってたじゃん主計……‼」

かなのはもう、とっくに学校を出ている。

まさかあたしがこうして櫻井主計を呼び出してるなんて思ってもいないだろう。

でも、あたしはあんたの友達。

友達の幸せを願う何よりの味方でもあるんだから。

それから無表情隠れオオカミプリンスを連れてきた場所は、屋上。

ここを選んだ理由はふたつ。

ひとつは、誰もいないから。

生徒が近寄らない場所だし、そもそも普段は立ち入り禁止となっているから。

こーいうところじゃないと落ち着いて話せないだろうし。

「……屋上なんか入れんの」

「かなのも同じこと言ってたっけ」

「……」

そしてもうひとつは、そのかなのが大泣きした光景が甦《よみがえ》るから。

あんなにも泣かせてくれたんだ、こいつはあたしの大切な友達を。

「まぁ単刀直入に言うわ。かなのに振られておめでとう」

「……俺、竹刀持ってくるの忘れた」

「打ち込み台にはならないからね。その役目はあたしより、もっとふさわしい人がいるはずだけど？」

軽口を叩くように放ってみると、なにかを探るように見つめてくる。

そうだ気にしろ、考えろ。

なにか心当たりがあるんじゃない？

それを見つけ次第、この男にはその存在を懲《こ》らしめてもらわなくちゃ困る。

……あたしの分も。

「……横山でしょ」

「なんだ、知ってるの？」

「まだ俺の考察でしかないけど。……でも解決するためには証拠がいるんだよ、だから俺は常に探ってる」

当たってるよ、その考察。

その女にね、あたしの友達はすっごい泣かされたの。

赤裸々に話してもいいんだけど……その前に言わなくちゃいけないことがある。

「チョコ、貰えなかったんだって？」

「……お前に関係ないだろ」

「うんうん関係ない。だからこれは独り言。独り言よ？　気にしないでね？　あー美味しかったなぁ、かなの手作りの愛情たっぷりガトーショコラ」

「……」

うっわ、すっごい効いてる。

まさかちょいちょいっと煽っただけで無表情プリンスのこんな顔が見れちゃうなんて。

こらえなきゃ、笑いを。

ぷぷって、気を抜いたら吹き出してしまいそうだから。

「どんな、味だった」

「えっとねぇ？　ふわっ、しっとり、かなのらしい味っていうか、んー、あれは食べた人にしか分からないわ〜。ごめんねぇ？　貰えなかったんだもんねぇ？」

ニヤニヤ、ケラケラケラ、ふはははははっ。

鼻を伸ばせるだけ伸ばして、はい胸を張って、はい両手は脇腹。

まるで見下ろすようにわざとらしく笑ってやるあたしは女王様かっての。

「……お前といて染まらない由比さんで良かった」

「はっはっはっ、あたしも思うわー。釣り合わないって」

優子ってどうして由比さんと仲良くなったの？　なんて、今でも聞かれる。

その本当の意味は、「なんで由比さんなんかとつるんでるの？」ってこと。

そんなこと言ってくるあんたらと、仲良くなんかしたくないからですよーって。

あたしはいつも心の中で冷たく返してる。

「なんていうか、かなのと居るとさぁ、平和なのよね」

「……わかる」

お、ここは共感があったみたいだ。

あたしの意見に初めて同意を示してくれた。

「頑張れって応援したくもなるし、でもあの子はあの子で強いから。自分ひとりだとしても楽しみ方を知ってる子」

「俺もそれは思う」

「だけど、大泣きさせちゃった」

「え？」と、すぐに聞き返してくる。

「ここで、一昨日ね。かなのがあそこまで泣くんだってくらい……あたしもびっくりした」

「は？　おい、なに泣かせてんだよ」

泣かせたわけじゃないっつーの。

けど、泣いて欲しかったのは本当。

あんな毎日毎日泣きそうな顔して、今まで以上に大人しく地味に生きようとしてたから。

消えちゃうよ、あのままだと本当に冗談抜きで消えちゃうところだった。

でもそれが、苦しい何かを我慢しているようにあたしには見えて。

「毎回毎回あんたとの噂が立つたびに女子に馬鹿にされるわ、〝消えろ〟なんて言われるわ、足ひっかけられて水被るわ靴隠されるわ、……お弁当も隠されるわ、」

なんかもう、言葉にするだけであたしがつらいんですけど。

泣きたくなってくるんですけど。

あの子、これいっつも一人で受けてたって。

あんな大人しそうな顔して忍耐力《にんたいりょく》だけは鬼すぎんのよ、鬼。

「しまいには吐き出すくらいのチョコ貰ってさ」

「だれの……はなしだよ、それ……」

その反応だけで、本当にかなのは隠しとおしてたってことがわかる。

そしてこいつの情けなさを同時に痛感した。

「それで……本当は大好きで大好きで仕方ないのに、その婚約者の幸せを一番に願って……あえて離れる選択をしちゃって。そんなことすれば大泣きするのが普通じゃない？」

ほんとうに簡単だった。

そっと手を差し伸べてみただけで、ガタガタって崩れちゃうんだもん。

それくらい我慢していて、いまにも壊れそうな心で毎日過ごしてたってこと。

「さぁ問題です。だれの話でしょーか」

「……それをぜんぶ裏で回してたのが横山ってこと？」

「たぶんね。あたしはそう解釈した。けど、かなのはそこまでは言わなかった」

ほんと、優しすぎるよかなのは。

後藤さんにもあそこまでされといて「ありがとう」って言っちゃうんだもん。

ドM……？　ドMなの？　って、本気で心配になったくらいだ。

「でもおかしいだろ、その嫌がらせってぜんぶ由比さんだけだ。俺は……なにもされてない。それなのに俺を守るために離れるって、なんで……？」

「その矛先があたしらに向かわないって保証もないでしょ？　あと、……なにか他に核心的なことがあったんじゃない？」

「……核心的な……こと……」

それもかなのは言わないから分からないけど……。

でも、あんなにも櫻井主計を見つけるだけで毎日幸せそうな顔してた子が、自ら離れるくらいなんだから。

その横山って人が櫻井に直接的に手を加えようとしていたか、すでにされていたとか。

そんな考察をすることだって出来る。

「……もしかして」

「なに、なんか心当たりでもあるの？」

「あとは俺がどうにかすることだから。お前はもういいよ」

「は⁉　お前はもういいよって‼　なにその言い方……‼　ここまで教えてやったのあたしなんだけど⁉」

やっぱりムカつく……‼

顔だけだ、顔だけなのだ。

かなのはこいつのどこに惹かれたの……？

大丈夫？　騙されてない？

「だから、……感謝してる」

「……え」

「由比さんのことも泣かせてくれて助かった。本当は俺がそれをさせてやりたかったけど……、とりあえず俺ちょっと確かめたいことあるから行くわ」

きみはお礼が言える人だったんだ……。

あ、でも確かにかなのも言ってたっけ。

剣道が有名な、名のある由緒正しき名家の息子だって。

だから礼儀正しさはあるって。

そういえば、かなのにはいつも敬語だしね。

ってことはあたしには礼儀を向けられてなかったってことかーーい。

「あっ！　それと！　次かなのを泣かせたら許さないからね……!!」

「……わかってる」

これがいちばん言いたかったこと。

友達のあたしに出来ることはこれくらい、あとは婚約者のこいつに任せる。

お似合いだと思うよ？　あたし。

由比かなのと櫻井主計は。

「――それで？　お前はいつ俺に屋上のカギ返しに来るのかなぁ、笹倉」

「えっ、わっ！　丹羽くん！」

「……丹羽くんってなんだ。俺が先生って知ってるか」

無表情プリンスを追い出した次は、あたしが片想いする人の登場。

実はこの先生に屋上のカギをこっそり借りていた。

「だって手紙に書いたでしょ！　これから二人のときは名前で呼ぶねって！」

「誰が許可した。お前は自ら成績を下げにくるスタイルなのか、笹倉優子」

「うっ、それは嫌だ……、あっ、そういえば先生っ、カップケーキどうだった⁉」

「……その日の夕飯になった」

「えっ！　ほんとに食べてくれたの⁉」

ごめん、かなの。

あたしちょっとだけ嘘ついた。

本当はね？

丹羽先生にバレンタイン、無理やりにでも渡したんだ。

まぁ、あたしの一方通行な片想いではあるけど……。

だってあそこであぁ言わないと、かなのが何も話してくれないと思ったから。

だからちょっとズルいことしちゃった。

「結果として貰っちまったしな。捨てるわけにはいかねーだろ」

「ありがとう先生っ!!」

「まあ、ひとつ貰っちまったからみんな渡してきてからの夕飯だ」

どうしよう……、それでも全然うれしい……。

かなのが櫻井くんのことだけを考えて作ったように、あたしだって丹羽先生のことだけを考えて一生懸命つくったの。

「つーか、そもそもここでなにしてたんだお前」

「そ、それは……」

口をつぐんでしまうと、先生は真面目な顔になった。

「俺は生徒にとっていちばんの味方でもある教師だ。なんでも言え」

「……あたし、大切な友達を泣かせちゃうまで抱えていたものに気づいてあげられなかったの」

あたしの行動は正しかったのかなって、本当は今も不安だ。

かなのはあたしのことをしっかり者って言うけれど、そんなことないんだよ。

だってしっかりしてたら、かなのがいつもたった一人で我慢していたことをもっと早くに気づけていたはずなんだから。

「友達失格だなって情けなく思うし、どうして気づいてあげられなかったんだろうって……今もずっと悔しい」

近くにいた、あんなに毎日近くにいたのに。

かなのがお嬢様ってことを知っていたのはあたしだけで、櫻井くんと婚約者だってことを知っていたのもあたしだけ。

いろいろ抱えていながらも一生懸命過ごしている大切な友達を隣でずっと見ていたはずなのに。

「そこまで誰かのことを考えることができる人間は、なかなか居ないぞ」

「え……？」

地面に涙が落ちる寸前、あたしの背中がトンっと押されたような気がした。

「伝わってるだろうな、その友達に」

「ほ、本当に……？　そう思う……？」

「ああ。そこは俺が保証してやる」

そう言ってくれた丹羽先生に、あたしはこの上ないほどに支えられて、救われた。

あたしもかなのにとってのそんな存在になることができたのかな……。

だからかなの。

あたしはこれからも周りにどう思われようと、なに言われようと、かなのの友達で居続けてやる。

「ありがとう先生!! なんか前向きになれた感じがする！　あたしっ、先生に好きになってもらえるようにも頑張るから!!」

「……なら、校則はきちんと守れ」

「へっ？」

「制服の着方に髪、メイク、先生を敬《うやま》う気持ち。頑張るところだらけだぞ笹倉」

ニッと意地悪な顔をして笑った丹羽先生。

いつの間にかあたしの心は、今日の天気のように快晴に変わっていた。

「ただ、今みたいに何事にも一途《いちず》でまっすぐな部分は変わんじゃねーぞ」

「っ……！　――はい……！」

かなの。

あんたには一途でまっすぐな友達と婚約者がついてるから、ぜったい大丈夫よ。

＊

櫻井side

確かめたいこと、それは剣道部マネージャーの女子生徒に詰め寄るんじゃなく。

まだ揃っていないあやふやな部分をはっきりさせることだ。

由比さんがいつも仲良くしている友達からすべてを聞いた屋上。

俺はすぐに校舎を出て、他校へ向かうために駅を目指そうと校門を出た——とき。

「櫻井、……足、大丈夫か」

普通だったら、なんでお前がそんなことをわざわざ言ってくるんだよ。

どんな気持ちで言ってるんだ、嫌がらせか？と、キレてもおかしくない場面だろうけど。

でも俺が確かめたいことはここだったから。

前回の試合の準決勝、反則ギリギリを出して俺に怪我を負わせた男子生徒がそこには立っていた。

「とりあえずここじゃなんだし、俺もちょうど山本《やまもと》先輩に聞きたいことあったんで」

「移動しましょ」と目線だけで伝えると、申し訳なさそうに首を落としてくれる。

そのまま俺たちは近くのファミレスに入った。

高校三年生の山本先輩は、俺とは中学の頃から何度か試合をしてきた仲だった。

この人の強い部分は真っ向勝負で向かってくるところだ。

何度俺に負けたとしても、その次の大会ではまた挑んでくるような。

だから、そんな人が反則技なんてありえないのだ。

「ごめん、俺……、わざと……やったんだ」

耐えられなくなったんだろう。

もう、隠し通すことに疲れたんだろう。

自分からこうして言ってくるってことは。

カランっとグラスに入った氷が動いて、俺はじっと見つめながらも結局は由比さんのことを考えてしまっていた。

由比さんは隠し通した。

周りからどんな扱いをされても、俺に嘘をついてまでも、耐えていたんだと。

「……だれの命令で？」

「っ、……横山……あいり」

とりあえず冷静さを装《よそお》いつつも、心は怒りでどうにかなりそうだった。

だから怒りの熱を冷ますようにウーロン茶を喉に流しこむ。

「ごめん……っ、ごめん櫻井、どうしても横山はお前が欲しいらしくて、怪我させろって、アキレス腱を断裂させろって……」

山本先輩がどうしてそんな命令を聞き入れたのかなんて理由はどうでもいい。

だけど、その謝罪を向けるなら俺じゃなく由比さんに向けて欲しいと思った。

そして俺も謝らなくちゃいけない。

あんなにも自分を消してまでも、俺を守ろうとしてくれた彼女に。

「やっぱり、誰かにしてしまったことは自分に返ってくるんだよ……。俺だって、結局は横山に騙されて終わった……」

「山本先輩もあいつに良いように使われた駒ってことですか」

「……そうだ、ほんと、情けねーよな……。部でもハブられてんだよ俺……いま」

この人に対してじゃなく、俺は横山あいりが許せない。

許せない。

どれだけ周りを巻き込んで、傷つけて、その上でも自分の欲だけを優先させるつもりだ。

そんな女に俺が惹かれるわけないだろ。

そんな女と関わって俺が幸せになれるわけないじゃないですか、由比さん。

「でも、アキレス腱断裂までにはならないように止めてくれたでしょ、山本先輩」

「あ、当たり前だ……！　そんなの、出来ねーよ」

もっと強く足を蹴って引っかければ良かったのに、この人はそうはしなかった。

もちろん俺も分かっていて、中途半端だったからこそ審判も判定が難しくて反則負けにはしなかったのだ。

それが、山本先輩の理性がギリギリで止めてしまった優しさだったのか。

俺は最悪ほんとうに、剣道が二度とできない足になってたかもしれないのだから。

「俺は……、お前が剣道してる姿を見れなくなるのが嫌だった……、これからもお前から技だって盗みたい、だから……そんなの、出来なかった」

そのつらさを、今まで続けてきたものを失くす苦しみを誰よりも想像できる山本先輩でもあるんだ。

自分に置き換えて考えてみたとき、どれだけの恐怖があるか分かってしまったんだろう。

試合に負けたときも悔し涙すら流さない男が、こんなファミレスで隠すことなく泣いていた。

「山本先輩、俺は先輩のことを……ライバルだと思ってます」

「……俺、おまえに勝ったこと一回もねーけど」

「でもライバルです。わりと今回はヤバいかもって思ったときもありますし。俺もプライドみたいなものは一応持ってるんで……言わなかったけど」

「っ……、ごめん……っ！　ごめん、櫻井、ごめん……っ、悪かった……っ」

するど山本先輩は、俺の前にひとつの封筒を差し出した。

これを通院費に足してくれ——とのことらしい。

「バイト、したんだ。年末年始と土日くらいしかろくに稼げなかったけど……おまえに、こうやって渡したくて」

「……先輩、受験生でしょ」

「そんなのどーでもいい。受験なんか一瞬だけど……櫻井の傷は一生だったかもしれないんだ、」

いや、一瞬ではないだろ。

その後の人生も一応関わってくるだろ受験はさすがに。

なんていうか本当にスポーツやってる奴って脳筋なところがあるから、見ていて笑いそうになる。

俺は同じにしてほしくないけど。

「もう通院はそろそろ終わるんで。だからそれはいつか、山本先輩に彼女が出来たときのデート代にでもしてください」

「なら、お前が彼女とのデートに使えばいいだろ」

「俺、こう見えて独占欲の塊《かたまり》なんですよ。友達に渡された金でデートするなんて無理。そんなのしたら次の試合でころ……半殺しにしますから、先輩」

「……友達……、てかお前いま〝ころす〟って言いかけたよな……？　それに俺、今年卒業だけど」

大学でもやるんでしょ、と。

サラッと返した俺の言葉に、表情を歪《ゆが》ませながら封筒をしまった先輩。

「え、てかお前やっぱ彼女いんの。イケメンすげーな」

「……婚約者がいます」

「はあ!?　婚約者!?　マジ……!?　イケメンすげーな!?!?」

「そうそう、それ、もっと広めてください」

広めろ、もう隠したくないんだよ俺だって。

「由比さんは俺の婚約者だ」って全校生徒に言ったっていい。

けど、今の彼女はそれをたぶん望まないから。

だからそう、順序が大切なんだ物事は。

まずは由比さんに会いたい、抱きしめたい、触りたい、今はただそれだけ。

＊隠していた本心＊

まさかの学校をお休みしてしまった……。

一応は中学のときも皆勤賞《かいきんしょう》で、高校でも頑張るぞって思ってたのに……。

それはお腹からくる風邪のようなもので、体調を崩してしまいまして。

私はもちろん行くつもりだったけれど、おばあちゃんは心配性なところがあるから。

すぐにお父さんとお母さんへ連絡すると、『休みなさい!!』と、おばあちゃん以上に心配する声が返ってきた。

「かなのー？　調子はどう？」

「……すこし怠《だる》いくらいだよ、おばあちゃん」

「やだ、ちょっと熱があるかもしれないわね。顔がさっきより赤いもの」

「うーん……、私は全然へいきだけど……」

確かに身体がぽかぽかするかもしれない……。お腹につられて回ってきちゃったのかな……。

でもたぶん寝れば治るからと、おばあちゃんに笑顔を見せておく。

そんなおばあちゃんの手にはコンビニのレジ袋が下げられていた。

「おばあちゃん、なにか買ってきてくれたの……？」

「……たった今かなののお友達が来てくれたの。渡してくださいって」

「えっ、ゆっこかな……！」

今日も朝から心配メールがたくさん送られていたから、とうとうお見舞いに来てくれちゃったのかもしれない。

思わずベッドから起き上がって窓の外を眺めた私は、その人を見つけるとピタリと笑顔が止まってしまった。

「——……櫻井……くん」

どうして、どうして来てくれたの……？

見慣れた制服姿の男の子の背中はゆっくりと遠ざかってゆく。

すると、くるっと振り向かれて咄嗟《とっさ》にカーテンを閉めた。

「っ、おばあちゃん……櫻井くん、なにか言ってた……？」

おばあちゃんも櫻井くんのことは知っている。

もちろん私の婚約者〝だった〟ということも。

あれから私は家族に櫻井くんとのことを話して、そこまで詳しい詳細までは話せなかったとしても……。

「私は私の好きなように結婚したいな」なんて誤魔化して伝えた。

なにも言わずに見守ってくれていた三人。

「会いたいですって、数分でもいいからって言ってたわよ。さすがに今回は櫻井くんにうつるといけないから、会わせられなかったけれどね」

レジ袋の中には急いでコンビニで買ったのだろう、スポーツドリンクや口当たりのよさそうなゼリー。

新発売と表記されている美味しそうなスイーツに、お正月のおしるこを思い起こさせる白玉ぜんざい。

もうすぐ、もうすぐ春休みがくる。

バレンタインもあげられなかった私なのに、すこし早いホワイトデーを貰ってしまったような気持ちだった。

「明日も、もう一日休みなさい。病院行ってお薬だけでも処方してもらわなくちゃ」

「……うん」

メールも電話もお互いにできないけれど、優しさは届けられたレジ袋がすべてだった。

ここに、私が大好きな櫻井くんのぜんぶがある。

すっごく過保護で、いつも心配してくれて、私なんかをお姫様みたいに扱ってくれちゃう人。

口にするものだけじゃなく、冷えピタや絆創膏、包帯や消毒液まで入ってる。

本当に櫻井くんらしいお見舞いだった。

次の日、私はおばあちゃんに連れられて病院へ。

「もう熱は下がっているから明日は問題ないと思うよ」

「はい、ありがとうございます」

やっぱり風邪だった。

それに今も私は元気なのに、一応お薬を貰っておけば再発したときに安心だろうとの考えで向かった次第。

小さな診療所でいいと言ったのに、町一番の市立病院にまで連れてこられちゃった……。

「まぁ由比さん！　久しぶりじゃない！」

「あら前田《まえだ》さん！　どうかしたの？　具合でも悪いの？」

ここは病院だよ、おばあちゃんたち……。

知り合いに会えばところ構わずこの調子なんだから。

「ううん、主人の血圧が高くてね～。定期検診でしょっちゅう付き添ってきてるのよ」

「それは大変ねぇ、お酒ばっかり飲んでるんじゃない？」

「そうなのよ～。まったく困っちゃうわ……」

とりあえず私は広々とした待合室にて、長話の始まったおばあちゃん達から少し距離を取って座った。

平日だとしても思ったより混み合っている。

やっと診察してもらえたと思ったら、今度は会計で待たされるのだ。

こういうときの時間のつぶし方には慣れてない私だから困る。

「お隣、いいかな」

「えっ、あっ、どうぞ……」

「ありがとう」

すごく綺麗な女の人……。

お母さんと同じくらいの年齢かな……。

入院服を着ている女性は、きっとこの病院に入院しているんだと。

その人は私の隣にストンと腰を落とした。

「……白栄高校の生徒さん？」

「あっ、そうです」

「私の……知り合いも、そこの生徒なんだ」

そうなんだ……。

と、そんなものを見破られてしまった理由は私が制服姿だったからだろう。

本当は今日、午前中で終われればそのまま学校へ行くつもりだった。

だけどまさかここまで時間がかかるとは思わず、断念の現在。

「剣道部が強いって有名だよね、白栄高校は」

「……はい、すごく強い一年生のエースがいて……」

「どうせ、実際は大したことないんじゃない？」

「そ、そんなことないです……！　剣道だけじゃなくて……すごくまっすぐで、素敵な人なんです」

嫌味のようなものとはまた違う。

私の言葉を聞いて、どこか嬉しそうに瞳を伏せた女性。

「私にも子供が二人いるんだけどね。私の身体が弱いからいつも苦労ばっかりかけちゃって」

「そう……なんですか……」

「なんか、上の子はすっごい落ち込んでるらしくてね今。どうにも……好きな子に振られちゃったみたいで」

身体が弱いと言っているけれど、彼女からは芯の強さが滲み出ていた。

そこまで表情は変わらないから感情の起伏は浅く見えがちだけど。

それでも、だれかに似たところがあるような……気がする。

伏せられた長い睫毛だって。

「そんなときに傍に居てあげられないのは、母親として失格なんだろうね私」

「そんなこと、ないと思います……、そうやって心配してくれてるだけで、きっと子供さんにも伝わってるはずです」

「そうかな？　……君のような女の子が傍にいてくれたら安心なんだけどな」

「あはは、私なんか……全然だめなので……」

初対面の人と話すときは必ず緊張してしまって言葉をうまく届けられない私なのに。

どうしてか、この女性に対しては違った。

「好きな人を悲しませて、傷つけてばかりいますから」

「……どうして?」

「私のせいで……私が、こんなんだから……、周りの反感が大切な人に向かってしまったんです」

こうして話せちゃうのが不思議。

ほら、世の中ってやっぱり不思議なことばかりだ。

「……うちの子はそんなにヤワじゃないよ」

「え……?」

「ううん、こうして話せて良かった」

ちょうどなタイミングで受付パネルに私の番号が表示された。

軽く頭を下げて立ち上がった私は、彼女がまだなにか話を続けていたような気がして、受付に向かいながらも振り返る。

「あの子は確かに私に似て扱いづらいかもしれないけど、私と同じで人を見る目だけはあるから。だから信じてやって欲しい、――……私の息子を」

その優しい微笑みが、私が大好きな人のものに、よく似ていた――。

お医者さんが言ってくれたとおり、次の日には学校に行けた。

二日休んでいた間、私のために授業のノートを取ってくれたのはゆっこと……後藤さんだった。

びっくりしている私に、後藤さんはノートだけを渡して何も言わなかった。

だけどこれはもう言葉じゃないんだろうなって。

「あ、ゆっこ……」

「ん―？」

「に、丹羽先生のこと……、泣いていいんだよ……？」

「え？」

え？　って……。

だって振られちゃったんだよね……？

バレンタインも貰ってくれなかったって。

あのときは私をめいっぱい泣かせてくれたけど、泣きたいのはゆっこも同じだったはずなのに。

だから今度は、私の胸に飛び込んできて——の意味を込めてバッと両手を広げた。

「あはっ、かなの——！　大好き——!!」

「わっ！　えっ、そうじゃなくて……！　でも私も大好き……」

「か——わいいっ!!　来世はあたしと結婚しよ？　あたし男になる気がするからたぶん！」

……なに言ってるんだろう。

ゆっこ、ちょっとテンションがいつもより高い気がする。

あれかな、悲しい気持ちを出さないように無理してるってことなのかな……。

「あのねぇ、かなのには言えてなかったけど……あたしのほうもいい感じなの！」

「いいかんじ……？」

「うんっ！　一途でまっすぐ！　これあたしの座右《ざゆう》の銘《めい》！」

胸を張って座右の銘を教えてくれたゆっこは、今まで以上に堂々としていた。

だってだって、ゆっこ、変わっちゃってる……。

中身というよりまずは外見だ。

今まではロングヘアーを巻いてたのに、今は自然と下ろしてるだけ。

スカートも私と同じ長さになって、なによりメイクがうっすーくなってる……。

そのレベルはすっぴんでもいいんじゃないの……？　って思うくらい。

「えと、あの、じゃあ……悲しくは、ないの……？」

「もっちろん!!　むしろわくわくドキドキが止まらないっ!!　一緒にがんばろーねっ、かなの！」

「う、うん……！」

満面の笑みで、ぎゅっと手を握ってきたゆっこ。

私たちの仲も、あの日屋上で大泣きしてしまってからもっともっと強いものに変わっていた。

「おーい、そろそろ授業始まんぞ」

「あっ！　丹羽く……先生っ！」

と、そんなタイミングでゆっこが想いつづけるターゲットが私たちのうしろに現れた。

若き体育教師の丹羽先生は、私とゆっこが笑い合っていることにどこか安心しているみたいだった。

それにしてもゆっこ……。

いま「丹羽くん」って言いかけてたのは……気のせい……？

「先生っ、今日の体育ってなにー？」

「グラウンド整備」

「えっ、それだけ？」

「もうすぐ三学期も終わるしな。半分遊びみたいなもんだよ」

「じゃあ一緒にグラウンドデートしよーよ！」

「聞いたことねーわ、なんだそれ」

ゆっこの楽しそうな笑い声と、丹羽先生の柔らかい表情。

「あっ、そうだ先生！　なにか手伝うことない？」

「んー……っと、じゃあ優子、ちょっと荷物運び手伝ってくれるか。かなり重いが平気か？」

「やったー！　かなのっ、あたし先生にデート誘われちゃったから行くね！」

「あっ、うん！　楽しんでねゆっこ……！」

「あっりがと〜！」

「お前ポジティブ過ぎてすげーな」と言いながら、丹羽先生はゆっこを連れて倉庫へ向かっていった。

そういえば丹羽先生が女子生徒を下の名前で呼ぶことは、私が知る限りでは珍しいような気がする。

先生と生徒。

考えただけでドキドキしてきちゃうけど、私はゆっこの恋を応援する。

季節はどんどん巡って、一日一日が本当に早く感じて。

気づけば桜のつぼみが膨らみ始めて、だんだん春の暖かさが近づいていた。

「――由比さん」

「……」

その日、学校の最寄り駅に櫻井くんが立っていた。

すこし前から気づいていて、だけど見られないように通り過ぎようとしたのに。

久しぶりに呼ばれた名前だった。

「風邪は、もう大丈夫ですか」

「っ」

大丈夫だよ、お見舞いありがとう。

あの白玉ぜんざいすごく美味しくて、新発売のスイーツも一緒に食べたかったなぁ……。

って言いたいけど、言っちゃだめだから。

こんなところを生徒たちも見てる……。

けれどもう横山さんと仲良くやってる噂が広まっていることもあってか、わざわざ立ち止まる生徒はいなかった。

「っ……」

ごめんね櫻井くん。

伝える代わりに勢いよく頭を下げてから改札へ走る。

「いった……っ!!」

と、そんなとき。

自動改札機へ向かった私を引き留めた声は、櫻井くんらしくないもので。

すぐに振り返ると、しゃがむように左足首を押さえる姿。

「さ、櫻井くん……!?」

迷うことなく戻った。

足首だ、アキレス腱のところだ、痛みが戻ってしまったんだ……。

無理して戦っちゃうくらい耐え抜くことが出来る人なんだろうけれど、もう少し負担をかけていたら断裂していたところだったのだ。

きっと今だって我慢してたに決まってる。

「大丈夫!?　櫻井くん……っ、救急車、救急車呼ぶね……！」

「大丈夫です、あの……手、貸してもらえませんか」

「あっ、うん……！　肩っ、肩に回していいから……！　立てる……？」

どうしよう、支えられるかな……男子高校生ひとり。

もっと鍛えておけば良かったかも……。

テーピングとか湿布とかだけじゃなく、今みたいないざというとき抱えられるように。

「……えっ」

だけど、私を捕らえた櫻井くんは。

肩に回すことなくスッと起き上がって、ガシッと私の手を掴んで。

そのままスタスタと自動改札機へ向かってゆく。

「さ、櫻井くん……？」

「痛いです、ほんと痛い、ふらっとなりそうなんで……手、繋いでもいいですか」

「あっ、……はい」

でも、これ櫻井くんがリードしてるよ……？

こういうときって私が手を引くものじゃないの……？

なにがなんだか不明なまま、気づけば一緒に電車に乗っていて。

倒れられても困るから繋がれた手を離すことは出来ずに。

大人しく櫻井くんの家まで自然と送っていく流れになってしまった。

「病院……行かなくていいの……？」

「大丈夫です」

「……歩けてる、もんね」

「……いや、でも痛いものは痛いんで、家までお願いします」

「う、うん……」

電車から降りて、駅を出て。

櫻井くんのお家がある場所は知ってはいたけれど、来たことはなかった。

だから腕を引かれるように背中に続く。

「ここです、うち」

「わぁ……すごい、大きな道場……」

私の家と似ている日本家屋の造りだった。

〝櫻井道場〟と立派な看板が立てられている歴史ある道場、旅館のような門構えをしている玄関、横に伸びる二階建ての和のお城。

ここが櫻井くんのお家……。

「あの、じゃあ……お、お大事に……」

「いって……！　やば、痛いなこれ、死ぬかなこれ」

「えっ、死ぬ……!?　あのっ、お家のひと呼んできます……!!」

「いや、今日は父さんも妹もいなくて、使用人もたぶん居ないんで……困ったな、」

まさかここまで我慢してたなんて……。

薬とかあるのかな…？

やっぱり病院に行ったほうがいいんじゃないの……？

肩を貸した私に寄りかかるように、櫻井くんは家の中へ上げてくれた。

中はどうなっているのか気になったけれど、今はそれどころじゃない。

階段を登って、ひとつの部屋に通される。

「由比さん、湿布とテーピング……、包帯も。やってもらっていいですか」

「え……」

「ここに揃えてあります」

練習の成果を見せるとき。

そんなときが、まさか今日訪れるなんて。

それを彼にしてあげる日は無いと思っていたのに……。

「あまりそこまでは腫れてないね、前みたいに青紫色じゃない……」

「……そう、ですね、でも痛いものは痛いんで」

「あ、うん……、痛かったら言ってね」

震える手をどうにか動かしながら、まずは湿布を貼る。

この作業ひとつだって貼り方がちゃんとあることを知った。

足をスムーズに動かしやすい貼り方だとか、どこの神経に一番効果があるようにすればいいだとか。

「大丈夫……？　痛く、ない……？」

「……はい」

「っ……」

すぐに足首に視線を戻した。

ベッドに座った櫻井くんが見下ろしてくる、その甘い目と声。

それを見てしまったら私の中の何かが手遅れになっちゃうような気がしたから。

『なにも知らない素人のくせに勝手な判断しないで！！』

『もう櫻井には近づかないでくれる？　また同じことされたら困るから』

でも横山さんのほうがきっと、もっとスムーズで上手だよ櫻井くん。

どうして私をここまで連れて来ちゃったの。

賞状、トロフィーにメダル。

たくさんの功績が飾られた櫻井くんの部屋は、どこを見ても櫻井くんだらけ。

「——……よし、できた」

「治りました」

「な、治った……？」

「はい、これで治った気がします」

それはプラシーボ効果ってやつだ。

言ってしまえば思い込みなのだけど、たとえばなにか特別なことをされれば治ったような気持ちになって脳がそう判断する。

すると実際に怪我や病気が治っているというものだ。

本当にそういうものはあるらしいから侮《あなど》れないけど、櫻井くんはまた違った意味合いで言ってくれたのかなって。

それは私のしてはいけない期待だった。

「じゃあ……帰ります、今度こそお大事に」

「由比さん、俺にどうして欲しいですか？」

質問の意味が分からない。

だから、そんなの答えたくない。

答えられない、そんなのは。

まっすぐ見つめてくる櫻井くんの目から視線を逸らしてしまうと、パシッと腕が掴まれた。

まるで「帰さない」と言ってくるみたいで、そのためにここまで招き寄せられたのではないかと、今さらながらに思ってしまう。

「俺は由比さんが思ってるより……たぶん、強いです。だからどんな仕打ちを受けても平気で、むしろ余裕があるくらいで」

それは知っている。

櫻井くんには剣道だけじゃない強さが備わっていて。

心の剣――とでも言うのかな。

彼の中にはまっすぐ折れない剣が存在している。

それは、前に病院で出会った女性にも同じことを思った。

「逆に由比さんを守れるんですよ、俺は」

「それは……っ、横山さんを……守ってあげて」

「ぜってえ嫌だ。あっ、嫌ですそれは」

訂正したって遅い。

すっごい低い声が聞こえた。

「だから俺は、由比さんが望めば……由比さんの剣に……、なれるんです」

私はそういうつもりで聞いていなかったけれど、櫻井くんのちょっと照れた表情とか。

様子を見ながら伝えてくる仕草とか。

確かにあとから考えれば、ちょっとキザな決め台詞《ぜりふ》みたいに聞こえた。

「私は……、平気だよ、もうお父さんとお母さんにも言ってあるから、」

「婚約破棄ってことを、ですか？」

こくんっとうなずいた。

だから横山さんと仲良くしてくれて大丈夫だよ、私のことは気にしなくて大丈夫。

「出来ませんよ、それ」

「え……？」

「だって俺も櫻井家も、そんなの聞いていなければ了承もしていません。由比家は、

「そういう礼儀を大切にはしないんですか」

うぅ……、ぐぅの音《ね》も出ない……。

確かに勝手に婚約を破棄してしまったのはこちら側。

それに私の身勝手で決めたようなもので、お父さんもお母さんもおばあちゃんも、承諾という意図は一度も見せなかった。

「でも実は俺も……ぶっちゃけると〝しきたり〟とかどうでもよくて」

「そ、そうなの……？」

「はい。あ、でも由比さんを知れたきっかけだから、感謝はしてます」

分からない、櫻井くんが私に何を伝えようとしているのか分からない。

どんな顔をしているのかも分からない。

それは櫻井くんの顔をずっと見れていないからだ。

「ガトーショコラ」

切なそうに響いた声に、はっと顔を上げてしまった。

「由比さんのガトーショコラ、食べたかったな俺」

どうして知ってるの……？

誰が教えたの……？

私のガトーショコラを食べたのは、ゆっこだけだ。

……ゆっこが教えたんだ。

「あの日、待ってたんです俺。……由比さんからバレンタインチョコを貰えるの」

「っ……」

じわっと瞳いっぱいに浮かんだ涙。

待っていてくれたこと、たくさん待たせてしまったこと。

一緒に帰ろうって言ったのは私なのに、帰れないって断ったのも私。

自分のことを考えると悲しくなるけど、それ以上にそのときの櫻井くんのことを思うと胸が痛くなる。

待っててくれたのに……私からのチョコを楽しみにしていてくれたのに……。

「ごめんね……、ごめんなさい……っ」

私も貰って欲しかった。

好きって伝えたくて、何日も前から予行練習していた。

お風呂の中でも、寝る前も、夢の中でも。

だけど櫻井くんのその怪我だって、本当なら負わなくていい怪我だったんだよ。

私は鼻につくらしいから、どうしても誰かの反感を買ってしまう。

「俺にどうして欲しいですか、離れて欲しいですか、もう二度と喋るな近づくな気持ち悪いって……思ってますか」

「や、やだ……っ」

そんなの嫌だ。

思うわけがない、思えるわけがない。

離れないでって、横山さんのほうに行かないでって思ってる。

本当はずっとずっとそう思ってる。

だけどそうすると、次に傷ついてしまうのは櫻井くんだから。

今度は本当にいま以上の怪我を負わせられるかもしれない。

二度と剣道が出来ない足にさせられちゃうかもしれない。

「俺も、嫌です」

「いや……？」

「はい、由比さんにもしそう思われてたとしても……離れるのなんか、婚約破棄なんか嫌だ」

　あんなにもひどいことをしたのに、こうして名前を呼んでくれる。

　他の生徒に見られていても関わってくれる。

　それだけで幸せだから、それで十分だって思わなくちゃだめなのに。

　どんどん出てきてる、欲が溢れ出るほどいっぱいだ。

「だから教えてください、俺にどうして欲しいですか。それを言われないと……、俺は自分本意に動くよ」

「きゃ……っ！」

　ぐいっと力強く引かれた。

　ふわっと浮いた身体は、前のめりに突っかかるように体重を預けてしまって。

　流れるまま櫻井くんの空いたほうの手が後頭部に回った。

「あ……っ」

「どうして、欲しいですか、……言わないと続けますから」

　すぐ目の前には櫻井くんの顔。

　膝立ちをしながらも私は櫻井くんの腕の中へ向かってる。

ぐらっと傾きさえすれば、体勢を崩しさえすれば、もう唇は合わさる寸前だった。

「……水は、冷たかったでしょ」

「……え……」

「靴やお弁当が隠されて、つらかったでしょ……、〝消えろ〟って言われて……悲しかったでしょ」

「っ……」

「いつも心ない言葉を言われて……苦しいだろ」

櫻井くんが、泣きそうだ。

私が今まで受けてきたことを話す櫻井くんが、あの日のゆっこみたいに私以上に悲しんでくれていて。

「吐き出すくらいのチョコって……なにが入ってんだよ」

「……わさびとか、からしとか……、たぶん、もっとすごいの、いっぱい……」

「俺だって一緒に食べてあげますよ、そんなの……、なんで、ひとりで食べてるんですか」

いじめだ。

あれはもう、嫌がらせなんかじゃなかった。

そんなことを言ったら女子トイレでたくさん聞いた陰口だってそう。

馬鹿にするような悪口だって、立派ないじめのひとつ。

だけど隠すことには慣れていたから。

目立たないことだって得意。

だから今回も、そう出来るって思ってた。

「──……た」

「た……？」

でも、出来そうにない──……。

ずっと、ずっと、私はいつも心の中で思っていた本心があった。

それを求める先はゆっこじゃなくて、先生でもお母さんお父さんでもなくて。

ただひとり、彼だけだった。

見知らぬ誰かからの冷たい言葉、周りからの馬鹿にするような言葉、水浸しになったときも、靴のときも紙切れのときも、お弁当のときも。

チョコレートのときも、女子トイレのときも。

「……っ」

言ってもいいの……？

もう、我慢しなくていいの……？

止まらなくなるよ、もう、後戻りなんか出来なくなるんだよ。

「由比さん」

その声と目には、どんな私を見たって受け入れてくれる優しさがあった。

私がどんなにどんなに時間をかけたって、この人は日が暮れようが何日経とうが待つつもりなんだと。

「っ……、さくらい……くん、……た」

「た……？」

「た……」

ぽろっと、流れ始めたら、止まらない。

「たす……けて、ほしい……っ、櫻井くん……っ、助けて……」

どこにも行かないで。

婚約者でいて、婚約者で、婚約者として関わってくれるだけでいいの。

それだけで私は幸せで、すっごく嬉しかったから。

だけどそれでもし、櫻井くんが横山さんから何か仕打ちを受けてしまったとしても。

だとしても私と関わって欲しいって。

こんな最低なことを本当はいつも思っていた。

「嫌いに……ならないで……っ、横山さんのほうに行かないで……、助けて、くるしい……っ」

苦しい、すごく苦しいの。

嘘をついて離れることも、好きな人の幸せが一番だなんて強がることも。

櫻井くんが笑顔でいられるならそれでいい、なんて格好つけることも。

好きな人なら自分が幸せにしてあげたいに決まってる。

一緒に幸せになりたいに決まってる。

櫻井くんと出会って、本当に毎日がキラキラしてたんだよ。

隅っこばかりを探していた毎日が、櫻井くんを探す毎日に変わって。

櫻井くんも同じなのかなってひとつひとつ自惚れていくたびに、それだけで幸せを感じられるくらい。

私はあなたが大好きで、この上なく大好きで、それでも大好きだから、やっぱり傍に居たいし居てほしい……。

「――……っ!!」

気持ちを言って、どうして欲しいか言ったのに……。

私はなぜか、今まで人生のうちで感じたことのない柔らかさに包まれていて。

それは櫻井くんに唇を奪われてしまっているということで。

とくべつ反応できず、ぼーーっと放心状態でいると、合わせられた初めての甘さと柔らかさにびっくりして意識が戻ってくる。

「んっ……！　んん、さっ……くら……っ、く……っ」

だらんっと全身は脱力。

それをいいように、櫻井くんは私をふわっと浮かせてベッドに寝かせた。

「んん……っ！」

追い付くのに必死だった。

もう、ただ必死。

なのにその甘さをずっと求めていたように身体の奥からうずくような気持ち。

THE
TABLE

キス……、これが、キスなんだ……。

「──……あっちぃ」

「っ……!! わっ、ね、ネクタイ……っ！」

「ん？ ネクタイ？」

櫻井くん、どうしてそんなに余裕そうなの……？

とろんって、なにかがこぼれ落ちそうなくらいのまどろむ目と声をしているのに。

ぐいっと、しっかり留められていたネクタイを緩めた櫻井くん。

今まで緩められることがなかった真面目の象徴のようなもの。

右手で少々乱暴に緩められると、覗いた首筋と鎖骨。

「っ、わっ、あっ」

あたふた反応する私を据わった目付きで捉えて、ふっと妖艶《ようえん》に笑う。

それがなんとも格好よくて、同い歳には思えなくて、彼は人生を三回くらい経験してる……？ってくらいの貫禄《かんろく》も感じて。

「この先も俺がネクタイを緩めるのは由比さんの前でだけです。その意味……わかる？」

「っ……、わ、からない……です」

「じゃあ……わからせるよ」

櫻井くんの敬語が取れるといろいろ大変だということが分かった。

だからやっぱり私の心臓のためにも敬語でお願いします……っていう、敬語。

「わからせる……？　さ、櫻井くん……っ？」

私のネクタイも緩めようとしてくる、隣クラスの物静かな人気者さん。

ゆっくり、だけどその先を求めている色気いっぱいの顔で、的確な動きで。

「だめ……っ、櫻井くん……！」

とんっと精一杯、目の前の胸を叩く、抵抗になっているか分からない抵抗。

すると櫻井くんは、外してしまった自分のネクタイをベッド端に放り投げるかと思いきや――……。

「わっ、えっ……」

それで私の両手首を優しくもきつく縛ってしまって。

固定……されてる……？

「櫻井くん……！　手がっ、これじゃあ動かせない……っ」

「だってそうしなきゃ逃げるでしょ、かなの」

「っ……」

ブレザーを脱がされて、ネクタイはそのまま、今度はプチっ、プチっと私のワイシャツのボタンをひとつひとつ外してゆく。

中に着ているキャミソールを目にすると、もっと動きは速くなって。

櫻井くん……？

これはだめ、まだこれは絶対だめ……！

どうにか止めなきゃ、いまの櫻井くんは櫻井くんだけど櫻井くんじゃない。

いつもの櫻井くんをどうにかしてでも呼び起こさなくちゃ。

たとえば怒らせるようなことというか、困らせるようなことを言えばいいんじゃないかって……。

うぅ……っ、どうしよう……っ！

――……あ。

「おっ、オオカミ……！！」

「……え」

「さっ、櫻井くんの隠れオオカミ……!!」

前にゆっこがそう言ったとき、櫻井くんにしては珍しく声を上げていて。

顔を赤くさせて怒っていたから。

これなら効果あるんじゃないかなって……。

「——っ⁉⁉　えっ、俺、なに、うわっ…!!　由比さん縛られてる……!!　いや俺が縛ったんだ……!!　俺ですよね……⁉　そうです俺でした……！！」

あったみたいだ。

効果はてきめんだったみたいで、いつも通りのピュアな櫻井くんをたぐり寄せることが出来たらしい。

「すみませんでした……！！」

秒速で私の手首を解放して、秒速でお互いの乱れた制服を元通りにして。

勢いよくベッドから瞬時に飛び降りてからの——。

「本当にごめんなさい……！！」

もし『土下座の正しいやり方』という教科書があったとするなら。

そこに載っているような、お手本になっちゃうくらいの綺麗で丁寧な土下座を披露した櫻井くん。

「完全に順序をまちがえました……」

おでこが床にくっついてしまう、深々とした土下座。

するとと櫻井くんは頭を上げて当たり前のように立ち上がった。

「竹刀、ちょっと竹刀持ってきます。……あ、いや道場に木刀あるんで、そっち持ってきますね、もう容赦なく叩いてください」

「えっ、落ち着いて櫻井くん……！　私は大丈夫だから……！」

「大丈夫なわけありません。俺が第三者だったら、俺が俺を叩いてますよ」

怖いことサラッと言っちゃう……。

こういう真面目なところも櫻井くんの良さなんだろうけど……。

「そ、それに……嫌じゃ、なかったから……」

「……え？」

「えっ……」

「え……？」

そしてまた、「え」の繰り返し。

でも本当に嫌じゃなかったのだ。

ファーストキス……初めてのキスが櫻井くんで、嫌どころか嬉しかった。

「……縛って、いいんですか」

「え……!?　そっち!?　いやっ、そっちじゃなくて……!!　キ、キスの……ほう」

「あっ、キスのほうか……キス……、――っ！！」

櫻井くんはどうやら、今はキスのことより縛っちゃったことにいっぱいいっぱいだったらしい。

それでもいま、思い出した途端に同じくらい真っ赤になって。

だけどそれに対して土下座はしなかった。

それどころか櫻井くんは顔を真っ赤にさせながらも私に近寄ってくる。

さっきのことがあったからか一定の距離を空けて、ベッドに腰かける私の隣に座った。

「っ、由比さん」

そんなものが可愛く見えてしまって、そっと詰め寄ったのは私。

すると櫻井くんも距離を縮めてくる。

こつんと肩がぶつかって、恥ずかしさにうつむいてしまえば、私の顔を覗き込んでくる櫻井くん。

「……好きです、由比さん」

「へ……」

「由比さんのことは、婚約者じゃなかったとしても俺は好きになってます。たぶん……笑顔に一目惚れで、……初めて話したときです」

ひとめぼれ……？

櫻井くんから「すき」という二文字が聞けたことが信じられないのに、それに加えて一目惚れだなんて……。

「わ、私も……同じ、です」

「……あのとき、ですか？」

「うん……。私なんかに声かけてくれて……優しい顔してくれて、そこからずっと……気になってて、」

だから婚約者として櫻井くんが私の前に座っていたとき、本当はラッキーなんて思っちゃってた。

こんなことあるんだ……って。

だからあの花壇のてんとう虫が、本当に幸せを運んでくれたんじゃないかって。

「俺は、俺が由比さんと話してみたくて声をかけたんです」

そっと手を握られる。

握り返していいのか、どうしようか迷っていると、くすっとくすぐるような声が落ちてきた。

「……待ってたの」

「え……？」

「櫻井くんが声かけてくれないかなぁって……待ってた」

話しかけていたのはてんとう虫だけじゃなかった。

そう思うと計算高くて嫌な女だねってなるけれど、私も話してみたかったから。

だけど虫に話しかけるような女なんか普通は引かれる。

それなのに声をかけて、新しい発見を教えてくれたのが櫻井くんだ。

「……まじか」

嬉しい――と、櫻井くんの震える声が部屋にふわっと響いた。

私もうれしい。

信じられない……夢みたい。

「お、俺のこと……、好き、ですか……？」

「っ……だ、……大好き……」

「……！」

そういえば、どこかで似た人に会ったような気が……。

やっぱり、櫻井くんによく似ている。

数日前に病院で話した女性は。

もしかして本当に櫻井くんのお母さんだったりして……。

でもその答えは、また近いうちに分かるだろうから。

「俺も、……大好き、です」

「っ、け、敬語は……取らないの……？」

「取ったら、なんか、順序守れそうになくて」

あ、そういえばさっきの縛ってきた櫻井くんは敬語じゃなかった。

それに名前で呼んできてたような……。

「ふふっ、櫻井くんの敬語……私、好きだよ」

「……由比さん、……さっきの……もう一回いいですか」

「……うん」

ぎゅっと目を閉じると、手なずけるようにふわっと髪を撫でてくれる。

「俺が――……絶対に守ります」

さすが剣道部絶対的エースだ。

さっき交わしたものが初めてのはずなのに、もうコツのようなものを掴んでる。

女の子を喜ばせて緊張と安心を作ってしまう、コツを。

「ん……っ」

「……もう一回、いいですか」

「……っ、うん」

本当に重ねるだけの、触れるだけのキス。

守ります、ぜったい俺が守るから――……。

ひとつ、またひとつと欲張りに合わせせられるたびに、そんな声が聞こえてきた。

＊ 櫻井くんがネクタイを緩める理由。 ＊

櫻井side

どの部活も毎年、卒業前になると最後の部活で卒業試合というものが行われるらしく。

部活や学校で内容は異なるとしても。

俺が所属する、私立白栄高等学校の剣道部にも当てはまる行事らしい。

高校で三年間培ってきた実力を仲間でありライバル同士で試合することで、コーチや顧問に見せるというもの。

そんなものを後輩の俺たちは、道場の周りを囲むように正座して黙って見つめる。

「大学に行って続ける者とそうじゃない者、様々だと思うが今後ＯＢとしてたまには顔出せよお前ら！　最高の部を作り上げてくれてありがとうな！」

「「はい……!!」」

ほとんどの三年生が泣いていた。

傍らで見守るひとりのマネージャーも目元を拭ってはいるが、俺は目にするだけで腸《はらわた》が煮えくり返りそうだった。

その涙も嘘ってバレバレだ。

誰が騙されるんだ、俺は絶対に騙されない。

「ちょっと時間余ったな、なにかやりたいことあるか？」

「はい」

「お、櫻井。どうした？」

俺はまっすぐ手をあげた。

気づいた顧問は首をかしげるように聞いてくる。

「俺も先輩と最後に試合がしたいです」

「そう……だな、んじゃあここからは指名制にするか」

「じゃあ俺は、――横山先輩と」

困惑だ、それはもう困惑。

俺以外の部員全員が「はあ？」と、アホっぽい反応をしてくれる。

気にせず俺が見据えた先には、今はもう涙を拭うふりすらしていない二年の女がいる。

男子剣道部に唯一いる、部員からするとアイドル的な立ち位置のマネージャー。

「俺はこれからも、この部を強くしたいんです。そのためにはマネージャーも少しは鍛えないと」

「ふふっ、あたし？　えぇ〜、手加減してくれる？　竹刀に触ったことくらいしかないのに……！」

「駄目ですか？　つきあっては、くれませんか」

つきあっては、くれませんか。

俺はそんな意味を込めた言葉を送った。

「うん、いいよ？　あたしも剣道部の一員だから。受けてもいいですか？　先生」

「え⁉　いいのかよマネージャー‼　怪我するぞ‼」

「櫻井はあたしに優しいから大丈夫」

「ひゅ〜‼　お前らイチャついてんじゃねーよっ」

由比さんが俺から離れた瞬間から、こいつはしょっちゅう絡んできた。

まるで彼女のようなポジションを勝手に作って、学校中に噂が立つのを高見の見物でもしていたんだろう。

だけどそんなものも今日で終わりだ。

由比さん、山本先輩、由比さんのクラスメイトの後藤さん、俺たちの支えになってくれたゆっこ、だっけ。

そして、俺。

俺にはたくさんの人間を守る使命がある。

なにより「助けて」と、一番守らなきゃいけない存在に言わせてしまったのだ。

「櫻井、……程々にしてやるんだぞ」

そんな顧問ですら騙されているこの部は、このままでは終わる。

たったひとりの悪魔のような女に支配されてたまるかよ。

「俺は防具は要りません。まぁ、ハンデってことで」

「え、大丈夫……？　また怪我しないようにね？」

ピキッと、こめかみに青筋が立ちそうになった。

もしこれで俺が退部になったとしたら、それはそれでいい。

こんな女を庇うような部なら最初から興味もないし、いずれ終わるってことも分かる。

こいつはわざと反則を起こすよう選手に命令し、八百長を施して、結果ひとりの選手に怪我をさせたのだ。

それはなかなかシビアな問題だ。

だから俺が、俺の父親が、もし剣道協会に言ってしまえば。

直接的ではなくとも横山あいりの名は、どこかしらに悪い噂となって残るだろう。

そうなるとこいつはどちらにしろこの界隈《かいわい》には居られなくなる。

「先輩」

「なぁに？」

防具を付け終わって、向かい合った横山あいりは網目から俺を見つけた。

「残念でしたね、俺がアキレス腱を断裂しなくて」

「……え……？」

「山本史也《ふみや》は良い奴なんで。あんたが使うには少し賢すぎたってことですね」

「な、なんの……こと……？」

「わかってんだろ？」

俺の静かで低い声に、周りの部員は異様な空気を察知したのか顔を見合わせた。

「おい、どうした櫻井」と、ひとりの部員は代表したように聞いてくる。

そんな全員へひとつひとつ説明するのは面倒だから、俺は手にしたスマートフォンの音量を最大にした。

〝ごめん、俺……、わざと……やったんだ〟

〝……だれの命令で？〟

〝っ、……横山……あいり、〟

これはあの日、山本先輩との会話を俺がスマホのボイスメモに記録していたものだった。

録音したこと、これを横山や部員に聞かせること、もちろん山本先輩に許可はとってあるからなんの問題もない。

だんだん青白くなってゆくマネージャーの顔は、防具を付けていても分かった。

〝ごめん……っ、ごめん櫻井、どうしても横山はお前が欲しいらしくて、怪我させろって、アキレス腱を断裂させろって……〟

仕返しというものは昔から嫌いだった。

それだけはするなと父親からも教え込まれていて、入退院を繰り返す母さんからも言われていたこと。

だからこれは仕返しではない。

俺は大切な人を守って、横山あいりの薄汚い魂胆《こんたん》を今日で終わらせるだけ。

「おい……、なんだよこれ……」

「横山……？　おまえ、櫻井に怪我させたのはお前なのか……？」

部員たちの疑問は、声にならない本人の代わりになによりの証拠が教えてくれる。

〝やっぱり、誰かにしてしまったことは自分に返ってくるんだよ……。俺だって、結局は横山に騙されて終わった……〟

〝山本先輩もあいつに良いように使われた駒ってことですか〟

〝……そうだ、ほんと、情けねーよな……。部でもハブられてんだよ俺……いま、〟

最近のスマートフォンは音質もハイクオリティで助かった。

ファミレスだから周りの雑音も入るかと思ったが、そんなノイズはきちんと消してくれている。

「なっ……！　なにしてくれてんのよあいつ……!!」

「なに、してくれてんのよ……あいつ……？」

「っ……、ちがっ、これは……っ、ちがくて……!!」

いいや、ちがくない。

こいつはいま、無意識にも飛び出した言葉で白状してしまったのだ。

〝でも、アキレス腱断裂までにはならないように止めてくれたでしょ、山本先輩〟

〝あ、当たり前だ……！　そんなの、出来ねーよ〟

記録はここまで。

本当は最後の会話は切っても良さそうだったが、山本先輩はあんなことをする男じゃない。

だからそんな部分を横山あいりに伝えたかったってのもある。

「お前がやったことはこれだけじゃない。どれだけ……、どれだけ周りを傷つければ気が済むんだよ」

「ちょっ、ちょっと待ってよ……、櫻井はあたしにそんなことしないでしょ……？

足には防具ついてないんだから……っ」

「そう。だから最悪、……アキレス腱断裂するかもな」

やばい――と。

この場にいる全員が感じ取ってしまったのかもしれない。

竹刀を握って地面を蹴ったのが合図。

頭は守られてるから大丈夫だろ、剣道部マネージャーならこれくらいは慣れてるだろ。

だから俺は本気で向かった。

「きゃあ……っ!!」

と、目の前の悲鳴が最後。

けれど俺の動きは横山に竹刀が当たるギリギリで止められていて。

顧問と部長。

ふたりが押さえ込むように俺を止めて、横山はしりもちをついて踞《うずくま》っていた。

「……部長もこんな女に騙されてるんですか」

「そうじゃない。ここで手を出したお前を退部にさせたくないだけだ」

別に俺はそれでもいい。

この部にだって最初から入りたくて入ったわけじゃないから。

だけど、この部長だけは他とは違った。

「部長がこの人だからまぁいいかな」と、部活見学のときに思ったから誘われて入ったのだ。

「こいつは俺や山本先輩だけじゃないんですよ。なにも関係ない俺の大切な人を……、ズタズタにして泣かせたんだ」

てんとう虫に話しかけてるような女の子だ。サンタさんを信じてるような女の子だ。目立たず生きて、大人しく生きて、それでも数少ない良い友達に恵まれて、彼女なりに楽しく学校生活を送っていたような子だ。

それを……、それを。

『も、もう……私に……関わらないでください……っ、もう話しかけるのも……だめです』

『私……夢みたいでした、……本当に……夢みたいで、毎日ありえないことばかりで……っ』

『たす……けて、ほしい……っ、櫻井くん……っ、助けて……』

『嫌いに……ならないで……っ、横山さんのほうに行かないで……、助けて、くるしい……っ』

あそこまでさせる理由がどこにあった。

あんなに追い詰めて泣かせる理由がどこにあったっていうんだよ。

俺が欲しいから？　冗談じゃない。

そんなくだらない理由で由比さんを泣かせられたことが一番許せない。

今までも俺に近づくためにいろんなやり方をしてきた女子はたくさんいたけど、それは誰も傷つけはしなかったからスルーできた。

でも、今回ばかりは無理だ。

「許せねぇだろ、……そんなの」

「わかってる。俺だって山本とは昔からの知り合いなんだ。あいつが卑怯なことする男じゃないってことは俺も知ってんだよ」

「だったら部長だって腹立ってるはずでしょ」

「あぁ、立ってるよ。だからお前を止めてんだろ。……先生も」

はっと目を向けてみると、顧問は静かに俺から腕を離した。

そしてしりもちをつくマネージャーに手を貸して立たせると、女子生徒を助ける動きをしておいて正反対の言葉を言った。

「出ていけ」

「え……、ちょ、ちょっと先生……？」

「下心があってマネージャーになる女子は今までにも居た。だから部員に恋しようが、そこは自由だ」

山本先輩が言っていたとおりだ。

誰かにしてしまったことは、必ず自分に返ってくると。

いま顧問の先生が放った言葉は、いつかに横山が由比さんに対して馬鹿にするように言ったものと同じだ。

「だけどな横山、お前は度ってもんを越しすぎてる。これ以上、今までの生徒が作り上げてきた誇り高きうちの剣道部に泥を塗るようなまねをするな」

わざとらしい涙と本当なんだろうなって悔しさの見える涙を浮かべたマネージャー。泣き落としだ。

それに騙されるような部員なら横山と一緒に退部してくれていい。

けれどあんなボイスメモを聞いて、普段は大人しい俺の怒りを見た男たちは、誰ひとり擁護《ようご》する者はいなかった。

「こ、こっちからやめてやるわ……！　こんなむさ苦しい部っ!!　あーあっ！　あたしの青春めちゃくちゃ無駄にしたぁっ!!」

「おい、待って」

俺が引き留めると、すぐに顔を向けてくる。

まだ何かを期待している目。

「これの腹いせにまた同じことを由比さんや他の生徒にやったら、次こそ俺はお前を打ち込み台にして今以上にブサイクな顔にするから」

「はあ!? だれがブサイクよ……!! あたしちょー可愛いしっ!!」

「外見は内面を映し出す最初の鏡。俺は人を見る目だけは持ってる」

「うっ、うっさい……！！」

それは母さんに昔から言われ続けていたことだった。

主計は私に似て扱いづらいところがあるけど、母さんと同じで人を見る目はある。

だから素敵な女の子をお嫁さんにするんだよ——。

だから俺は由比さんを選んだ。

これに間違いはない、それだけは自信を持って言える。

「由比さん」

「あっ、櫻井くん……」

そして俺の声は甘くなった。

もちろん由比さんに対してだけの特別だけど、自分でも甘すぎて恥ずかしくもなってくる。

これはもう無意識。

意識どうこうの話じゃないから仕方ない。

そんな昨日で部活は終わり、卒業式は明後日。

また担任に頼まれたのだろう。

放課後、花壇の水やりをしている由比さんを発見してすぐに駆け寄った。

「な、なんかね……櫻井くんにすごい噂が立ってるみたいで」

「あ、〝二年のアイドルをブサイク扱いした鬼畜《きちく》〟って異名が付いたやつですか」

「あれ……？　私が聞いたのは〝二年のアイドルをゴミ化させたドＳイケメン〟って……なってたよ」

「……いろいろ人によって違うみたいですね」

由比さんがそんな卑劣きわまりない言葉をいじらしく言ってくるところに、俺的にはとんでもなく愛しさが込み上げてくる。

立てる人間によって内容までも変わってしまうのが噂というものだ。

だからもう、なんでもいい。

「由比さん、今日も俺の家に来ませんか？」

「っ……、きょ、今日は……花壇の水やりがあるから……」

「待ってます。というか、俺も一緒にします」

じょうろをひょいっと奪うと、「わっ」なんてかわいい声が上がって。

そのまま引き寄せるように腰に手を回せば「きゃっ」と、真っ赤な顔をして俺の心を突いてくる。

「さ、櫻井くん……、ここ学校だから……っ」

「……誰も見てないです」

「や、でも……っ」

まぁ見られてもするけど。

それに今日は由比さんに、とあることを伝えに来たってのもある。

「んっ……っ」

とろけるような柔らかい感触とは裏腹に、ビリビリ全身が痺《しび》れる。

それがクセになるというか、雄が本来持っている欲が掻き立てられる感覚だ。

もっと欲しい、まだ足りない。

そうは思いながらも必死に応える由比さんを見ると、たまらなくなる。

「――……明後日、卒業式のあと、由比さんの教室で待っててほしくて」

「なにか……、あるの……？」

「迎えに行きます。なにがあるかは、そのときのお楽しみで」

こくっとうなずいてから、身体を寄せてくる。

こうして慣れない中でも由比さんなりに甘えようとしてくれるところ。

俺はすぐに抱きしめた。

「あの、やっぱり俺の家に……来ませんか、」

「っ、櫻井くん順序は大切だよ……！」

「あっ、……そうでした」

また縛ってしまうかもしれないから。

あれは無意識でありつつも意識的だったなんて言えない。

ふわっと、どこからか舞い降りてきた花びらが由比さんの髪に留まって。

俺はそれを取るふりをして、またひとつ落とした——。

＊

ぽかぽかと暖かな日が射す校舎、真っ青な空には白い雲がのんびり伸びて、校庭を覗くと花開いた桜が所々に見られて。

まるで今日のためにすべて揃ったんじゃないかと思わされるくらい。

今までで一番の卒業式日和だった。

「先輩……っ！　絶対また遊びに来てくださいね……!!」

「もちろん。まだまだうちのバスケ部は頼りないからね」

「じゃあ卒業しないでくださいよ～!!」

花のコサージュを付けた主役を取り囲む後輩たちは、みんな涙を流しつつも笑顔。

そういうものとは縁のない私は、ちょっとだけ羨ましく思いつつ耳を傾ける。

「先輩！　大学行っても野球やるんすか⁉」

「いや、小中高九年やったからもういいわ。いいかげん彼女作らせろ」

「ははっ！　なんすかそれ!!」

本当は茶道部に入ろうかと考えなかったこともなくて。

だけど私が身に付けていた本格的な作法と、部活で使われる作法にはちょっとだけ誤差があったりもするから。

そもそも目立ちたくもなくて家柄も隠すつもりだったから、入部はやめようと決めた入学したての頃。

「てんとう虫観察部」とかがあったら入りたかったんだけどなぁ……。

「あれ⁉　櫻井くんはまだ来てない⁉」

「お～、来たねぇまたひとりの餌食《えじき》が」

そんなことを考えながら卒業式のあと、静かに座って櫻井くんを待つ私がいる一年B組へ。

また息を切らしたように女の子がひとり入ってくる。

そんなものを見つめて「餌食」なんて言ったのはゆっこで、どうやらゆっこも何かを知っているらしいのだ。

「で？　そっちはどのくらい頼まれたの？」

「んーっと、新聞部の生徒と……あぁそうそう。合唱部の声でかいやつ」

「おー、これはガチでやるつもりねあいつ」

私、ゆっこ、そして近くにはA組の伊藤《いとう》涼介がいた。

彼は櫻井くんと仲がいい男の子で、そんな彼もゆっこと何かを企んでいるような不敵な笑み。

「笹倉さんは？」

「あたしはねぇ、一年屈指の情報通と、二年と三年のリア充な女子生徒数人」

「あーー、みんな騙されて来るわこれ」

騙されてるの…？

確かにもう、教室には数人の女の子が集まって身だしなみを整えているけど。

櫻井くんがこの人たちを集めるように二人に頼んだってこと……？

でもどうして……？

彼女たちを見ていると、告白現場なのかなって雰囲気なのですが……。

「お待たせ櫻井くん……！　あれ……？　櫻井くんは……？」

そしてまたひとりの女子生徒が追加。

何人呼んでるの、櫻井くん……。

彼女たちを呼んで何をする気なの、ちょっとモヤッとする……。

「なに、あんたも呼び出されたの？」

「そう、え、ナナも？」

「うん。もしかして複数告白……？　マジ……？　斬新《ざんしん》～」

「どっちが振られても恨みっこナシだよ？」

え、そうなの……？

やっぱりそうなの……？

そこに混ざっている私はここで待ってて欲しいって言われたから待ってるだけなんだけど……。

不安になる私とは正反対の反応を見せるゆっこと伊藤くんは、笑いをこらえるように机をバンバン叩いていた。

「涼介、ゆっこ、集まった？」

そしてようやく、ようやく王子様の登場だ。

いつ見ても格好いい櫻井くんは教室の様子を見回して、私を見つけるとホッと息を吐くように中へ足を踏み入れる。

なによりいつの間にか〝ゆっこ〟と、私が名付けた愛称で友達を呼んでくれていることが嬉しい。

「おせーよ主計。てかさすがに集めすぎじゃね」

「いや、一度で済ませたいから」

「〝噂を一瞬で広めてくれる生徒を集められるだけ集めて欲しい〟って、雑すぎんのよ！」

「だってそれが目的なんだからそれしか説明のしようがないだろ」

本当にこれから何が行われるんだろう……。

ざっと十五人くらいは集まってしまった。

「ねぇなに、これ告白⁉」

「てか櫻井くんだし……！　うそっ、この中から選ばれるってこと⁉」

「マジかよ……‼」

そしてこんな状況をドアから覗く男子に女子、いつの間にか教室は卒業式よりも賑わいのようなものを見せていた。

それに……櫻井くん。

手に持ってるの、花束……？

それ、花束だよね……？

花束を持って教室に現れる男子高校生なんか見たことない……。

「――由比さん」

「……！」

はっきりと呼ばれた、私の名前。

端の席、目立たないように、小さく小さく座る私を簡単に見つけて近づいてくる。

「由比さん、」

「えっ、いや……でも、え、皆さんは……」

「由比さん、俺の前に立ってくれますか」

何かが始まろうとしている。

いや、これはもう確信だ。

そう分かると教室は一気にざわめきを生んだ。

「ねぇ、やっぱ由比さんなんだけど……！　横山先輩じゃないの……!?」

「だって櫻井くんが振ったってウワサ立ってたじゃん……！　なんかすごかったらしいよ？　クラスの剣道部が言ってたけど」

「いや横山先輩を差し置いて由比さんとかおかしいでしょ……!!」

これが生徒たちの反応。

もし私じゃなくて横山さんを指名していたならば、「きゃーーっ」なんて祝福の声が上がるんだろう。

「……っ」

だから私はカタッと立ち上がろうとした動きを自然とやめてしまった。

目立ちたくない……。目立つのが怖い……。

そう、私が地味に生きていた理由のひとつとして、こんな気持ちがいつもあった。

「由比さん、大丈夫。俺を信じてください」

そんな私に、私だけに向けられる櫻井くんの優しい顔。

ふるっと揺れた瞳に微笑みかけてくれる彼は、「かなの」と、甘い声でつぶやいた。

『だから信じてやって欲しい、——……私の息子を』

やっぱりあの人は櫻井くんのお母さんなんだ。

なんとなく、なんとなくだけど、そうとしか思えなくて、だってすごく似てるから。

「ほらかなの！　行ってきなって！　あたしがバックアップはしとくから！」

支えてくれる大好きな友達。

ゆっこが居なかったら私は自分の気持ちに嘘をつきつづけて、誤魔化しつづけて生きていたかもしれない。

『由比さん！　スカート捲れてパンツ見えてるよ！』

『えっ……!?』

『あははっ、じょーだん！』

入学してから数日目で声をかけてくれた子、それがゆっこだった。

「え、あたしじゃないの……？」

「いやいや、私じゃん……！　櫻井くん……？　私に話したいことがあるんでしょ……？」

「どういうこと……？」

困惑が広がっているなか、私はゆっくり椅子から立ち上がって櫻井くんの前に立った。

ドクドクドクドクと小刻みに震える心臓、ぎゅっとこぶしを作った手は胸の前。

「さ……くらい……くん」

今までの人生でいちばん緊張してるかもしれない……。

けれどそれは櫻井くんからも感じ取れる同じ気持ちだ。

すると櫻井くんは、私の前に色とりどりの花束を差し出してくる。

そこで、きゃーーーっ!!と、教室中が女の子の声に包み込まれて。

「うるっさい!! いいとこでしょ!! 黙ってあんたら!!! 隠れオオカミ頑張ってんだから……!!!」

「そうだっ!! 主計が花束だぞ!? あいつあんな冷静取りつくろってるけど買うときもぜってぇ頑張ったんだよアレ……、花より顔赤ぇもん!!!」

「……あいつら」と、櫻井くんの低い低い声。

けれど私の目の前に立つ櫻井くんは私が大好きな表情をしていた。

真っ赤で、眉をぎゅっと寄せて、目はキョロキョロ動いてて、本当にいっぱいいっぱいの顔。

思わずふふっと笑ってしまうと、スッと覚悟を決めたように目を合わせてくる。

「順序がバラバラでごめんなさい。……由比さん、俺は、この先も由比さんだけの剣になって……必ず守って、ぜったい幸せにします」

逆に静かになってしまった教室。

その続きはどんな言葉が飛び出すのかと、私以上にみんなが見つめる中で。

「俺と――……結婚前提で付き合ってください」

けっこん……ぜんてい…………。

しゅ――っと上がったロケットは、そのまま落下するように落ちてくる。

そしてドガ――ンッと爆発するような衝撃が走って。

「こ、婚約前提……じゃ、なくて……？」

「はい、結婚前提です」

その場にいる誰もがまずは口をぽかーーん。

それから、じわじわ取り戻してくると。

「はぁぁあああぁぁぁあ～～～!?!?」

「結婚!?!?　結婚って言った……!?!?　言ったよね……!?　こんなのプロポーズじゃん……!!」

「ち、ちがうわよ!!　大根って言ったのよ!!」

「ばかっ!!　レンコンよ、レンコン!!」

大根……？　レンコン……？

「大根前提で付き合うって、なによ……!!　レンコン前提だって意味わかんないでしょっ!!」

「知らないわよ私に聞かないでっ！！！」

〝婚約者〟

今までその言葉は何度も聞いていて、逆にこれだけには慣れていたけれど。

結婚――……。

白無垢に袴、もしかするとウェディングドレスにタキシードやチャペルかもしれない。

一気に生々しさを増す素敵な言葉。

一周まわって新鮮で、「お付き合い」という言葉も幸せで。

「あ、えと、……よ、……よよ」

「由比さん……？　よ……？」

「よ……、よろ……よ、……よろ」

小さく小さく、なんかもう私ごと消えちゃうんじゃないかと思ってしまうくらい。

自信もなくて、自慢できることだってなくて、張れる見栄だって持っていなくて。

目立ちたくなくても目立ってしまう櫻井くんとは違って。

目立ちたくないけど、目立てもしない私。

なにかのきっかけで目立ってしまったと思ったら、鼻につくと言われて反感を買ってしまう。

そんな、私なのに。

「かなの……!! がんばれ……!!」

「――……かなのちゃん」

そんなとき。

ゆっこのうしろで聞こえた、もうひとつ。

はっと視線を移してみると、そこには後藤さんがいた。

「がんばれ……、かなのちゃん」

あんなにひどいことをして、ごめんね――。

ドアの端から祈るように私を見てくれている彼女からは、そんなふうに謝っている言葉に聞こえた。

たとえば一〇〇人の中で九十九人が認めてくれないとしても。

一人だけでも認めて、とは言わないから、せめて私を知ってくれている人が一人でもいれば。

私はもう、それで嬉しいんだって。

だけど私は幸せなことに、そんなかけがえのない存在が三人も出来てしまったのだ。

櫻井くんに視線を戻す。

見上げるように合わせると、私のタイミングをずっとずっと待ってくれている目があって。

もうぜんぶが大好きだなぁって。

「よ……、よろ、しく……おねがい、します……」

こんなにきれいな花が世の中にあるのかと思った。

枯れてしまうのが勿体ない。

だけど、この花はきっと、枯れない。

黄色と赤色をメインに使われていて、まるでてんとう虫みたいだった。

泣きそうに、それでも喜びで溢れながら差し出してくれる花束を受け取って、ぎこちなくも深々と頭を下げる。

「いやいやいや!!　嘘でしょ……!?!?　なにこれエイプリルフール!?」

「だって結婚前提って……!!　普通に付き合うだけならアレだけどさぁ……、そんなの勝ち目ないじゃん！！」

「婚約者ってことだよね……!?　由比さんと櫻井くんがぁ!?!?」

私の家は、日本を代表する由緒正しき和服を取り扱う『由比グループ』。

そんなものを隠しながらの告白を櫻井くんはしてみせた。

だからこそ納得の出来ない不信ばかりの声が上がる。

「まぁそういうことなんで。春休みが明けたら広めといて、皆さん」

ううん、こんなの春休み中に広まっちゃう。

情報なんかすぐに駆けめぐってしまう今の時代だ。

SNSや、クラスをつなげているグループチャット。

もう今にもスマートフォンを操作してる女の子はいるんだから。

「てか、どこで仲良くなったの……？　接点どこ？　ありえないんだけど……」

「なんで由比さんなの……？　そもそもおかしいじゃんっ!!」

「こんなの逆にいじめじゃないの……？　櫻井くん誰かにやらされてない……？」

そこまで言わなくても……。

幸せな気持ちなのにちょっと悲しくなる……。

でもやっぱり信じてもらえないよね、信じられないよね。

こればかりはもう仕方ないかな……。

「俺がお前らみたいな礼儀もなってない女に惹かれるわけないだろ」

櫻井くんはそう落とすと、私に近寄った。

戸惑う私に手を伸ばしてくる。

「っ、櫻井くん……？」

抱きしめられちゃう――……。

なんて思って、ぎゅうっと目を閉じれば。

「っ！　ひゃ……ぁ、」

後頭部を引き寄せて、そのままぐいっと引っ張って。

ちゅっと、ほっぺに弾いた甘い音。

櫻井くんが……、あんなにも誰もが扱い方に苦戦するような隣クラスの物静かな人気者さんが……。

　こんなに人がいっぱい居る前で、私のほっぺにキスをしてしまったようで。

「かわいいです、すごく。俺は早く結婚して……由比さんを俺だけのものにしたいって、思ってます」

「じゅっ、じゅ、順序がっ、あるから……！」

「なら……、今日も俺の家に来ますか？」

「っ、えっ、みっ、みんないる場所では言っちゃだめ……っ」

　今日〝も〟って……。

　櫻井くんはあれからそう言ってくるけど、みんなには誤解されたくない。

「きゃーーーっ!!　てかもう、どーいうこと!??!」

「こんなの混乱だし……!!　もう感情が分かんないっ!!」

　あの、決してやましい意味ではございませんので……。

　いや……でも、キスは……いっぱいしてくるけど……。

「なにか由比さんに仕出かしたら、俺は誰だとしても片っ端から打ち込み台にするから」

抱きしめられたことにより、そのときの櫻井くんがどんな顔をみんなに向けていたかは見えなかった。

ただ、それまでの女の子たちの声は一斉に静まってしまって。

対する私といえば……いいのかな、いいのかなって、ゆっくり背中に腕を回そうとしていた。

でもそんなことできるはずがないし、周りの反応も怖くて引っ込めてしまえば——。

「かなの」

「っ……」

すごく、優しい声。

私の不安すら吹き飛ばしてくれてしまう声は耳元、私にだけ聞こえてくる。

「大好きです。俺の目には今までもこれからも由比さんしか見えてません」

後頭部をそっと撫でてくれる。

周りのきゃあきゃあ騒ぐ声だって聞こえなくなっちゃうくらい。

誰かに見せびらかしたいとか、彼が私の婚約者だと知らしめたいとか。

そういうのじゃなくて。

ただ愛しさが溢れてきたから、考えるより先に行動なんてものを知る日が来るなんて。

「——……さ、櫻井くんっ、だいすき……！」

「っ、！」

満面の笑みで、ぎゅうっと抱きしめ返した。

守ってくれる。

この先なにがあっても櫻井くんが私を守ってくれるから。

「……ねぇ、わりとお似合いじゃない……？」

「うん、お花飛んでるよね……、平和すぎない？」

「なんか、由比さんだから逆にいいって感じしてきた……」

いつの間にか周りの声が温かいものに変わっていたこと。

嬉しさに溢れた涙は櫻井くんが拭ってくれる。

「あ、櫻井くん……ネクタイちょっと曲がっちゃってるよ」

「……じゃあそれ、由比さんが俺の家で緩めてくれないとですね」

「えっ」

櫻井くんが前に言っていた言葉の意味がやっと分かったかもしれない。

ネクタイを緩めるのは私の前でだけ――その言葉の意味。

いつか結婚して夫婦になって、櫻井くんが制服じゃなくスーツに変わったとして。

そんな櫻井くんが「ただいま」って言ってネクタイを緩める。

その未来の彼を笑顔で出迎えられるのは、私なのかなって。

「出た隠れオオカミーーっ!!　わざわざ緩めなくても曲がってるだけなので戻せますぅ〜」

「……うるせぇ」

「はい否定しない――っ、かなの！　こいつネクタイでかなのの手首とか縛ってくるかもだから気をつけなさいよ〜!!」

「え……？　もうされたよ……？」

私の言葉に、ピシッと教室の空気が凍った。

* epilogue *

「ねぇ、あの噂知ってる？」

「噂？　剣道部二年エースのクールジャスティス櫻井先輩に婚約者がいるって噂？」

「そう！　本当なのかなぁ〜」

「なんかね、本当らしいよ？　彼女さんにはすっごい優しいんだって！」

「えぇ〜！　いいなぁ〜！」と。

盛り上がっている新入生とのすれ違い様、どんっとぶつかってしまった。

「あっ、ごめんなさーい」

「わっ、私もごめんなさい……！　怪我とかは……」

ペコッと頭を下げて上げたとき、すでに女の子たちは私の前にはいなかった。

「じゃあその彼女さんって誰なの？　きっと櫻井先輩なんだから三年の横山先輩とかでしょ？」

「それが違うんだってー。影がうっすい人だから名前も不明」

「え〜、なにそれいろんな意味で気になる〜」

先輩にぶつかったとしても彼女たちがそこまで気にもしなかったのは、生徒の少ない廊下だからじゃなくて。

ぶつかった相手が凄まじく地味だったからだと思う。

とくに害もなく、怖くもなく、なんていうかナメられてるということで。

それにしても最近の一年生ってあんなに大人っぽいんだ……。

先輩かな？　って、逆に私が思ってしまったくらいだ。

「クールジャスティス……、主計くん、また新しい異名《いみょう》が付いてる……」

相変わらずな彼と、相変わらずな私。

高校二年生になって二ヶ月が経過した今もとくに変わりなく。

やっぱり噂というものはいつまで経っても途絶えないものらしい。

「でも櫻井先輩ってかなり有名な家柄なんでしょ？　相手の人って何者なの？」

「さぁ？　とくにお嬢様って話も聞かないし……わかんない」

私です、それはここにいます。

いまぶつかった地味な女が相手の人です。

こうして噂に対して心の中で答える毎日は、ちょっとだけ私のひとり遊びのようなものになっていた。

放課後、先生から頼まれた段ボールを家庭科室に運び終わると、今度は花壇の水やり。

ゆっこには「そんな雑用やらなくていいって！」なんて言われるけれど、これは私から名乗り出ているようなものだから。

「あっ、てんとう虫……」

赤色と黄色、花壇に咲く青紫色をしたネモフィラに混ざるように二匹が仲良く花びらに乗っかっていた。

こうしていると去年の今頃を思い出す。

「――キイロテントウは赤色よりいい意味があるんですよ」

「ぴゃっ！」

ふわっと背中から回るように、首元に優しく加わった重み。

花壇の前にしゃがんでいた私に背中から腕を回したのは、今も考えていた大好きな人。

シワひとつない袴姿は未だに直視が出来なくて。

「はは、それってかなのさんしか出来ないリアクションですよね」

「か、かずえくん……！」

ぶわっと顔の熱が上がったのは、「かなのさん」と名前で呼ばれるようになったからという明確な理由もあった。

二年生になってからお互いそうしようって決めて、私も同じように名前で呼ぶと彼は頬を赤らめてくれる。

「主計くん、部活は……？」

「ちょうど休憩中です。ナイスタイミングでした」

「あの、でも……誰かに見つかっちゃったら」

「もう俺たちの噂は後輩にも回ってるっぽいんで、問題ありません」

ぎゅうっと余計に力を込められる。

そうじゃなくて、誰かに見つかったら恥ずかしいってことを伝えたかったんだけど……。

「かなのさん、こっち向いてください」

「い、いまは、……だめ」

「かなの」

耳元で甘く甘く囁いてくる声は、砂糖を砂糖で溶かして煮詰めたんじゃないかと思ってしまう。

いつからそんな声が出せるようになっちゃったんだろう……。

こうして関わっていくたびに、ピュアだった〝櫻井くん〟はどんどん〝主計くん〟に変化していって。

「――かなちゃん」

「っ……」

そう、それは最近だった。

今みたいに二人きりになると主計くんはこんなふうに呼んでくる。

思わず振り向いてしまった私に落ちてくる、甘くてとろけてしまいそうな唇。

「か、かずえくんっ、それは学校ではだーーん……っ！」

「かなちゃん」

けれど私も私でちょっとだけ進歩はしているから。

だんだんエスカレートしつつある動きをぐいっと無理やりにも止めて、「だめ！」と強気に言う。

そうすると諦めたように離してくれて、その代わり愛情いっぱいに見つめてくれる。

「……でもそれって俺からしたら逆効果なんですよ」

「えっ、そ、そうなの……？」

「俺は……かなのさんのネクタイも緩めたいと思ってるんで」

どうやら櫻井くんがネクタイを緩める理由というのは、私が想像していた以外にもたくさんあるらしいのだ。

今までとどこか違う目をした主計くんは私のネクタイへ視線を落とした。

「わりと我慢してるんで、出来れば早めがいいなって……思ってます」

「そ、それって……」

「わかってるでしょ？」

「っ……」

彼は、こんないじわるな顔もするようになりました。

最初は、夢で見た櫻井くん。

二回目は、初めてのキスのとき。

三回目に彼が緩めるときは――……どんな理由があるんだろう。

「あとこれ……スカートどういうことですか、」

「あっ、えっと、さいきん暑くなってきたからゆっことお揃いにしてね……！」

「膝上十センチ……いや、十二はあるな」

すごい、櫻井くんの目って長さが計れちゃうんだ……。

高校二年生になったんだからちょっと変わったことをしてみようって、ゆっこに言われて。

ゆっこはゆっこで丹羽先生に対して注意されたい挑発でもあるらしく、「こうしてると毎日構ってくれる」とのことで。

「これって俺に触って欲しいってことですよね、」

「えっ……!? ひゃっ、わっ……っ、だめだよこんなところで……っ」

「〝こんなところ〟じゃなかったら良いってこと？」

ねぇ、かなちゃん――。

くにゃりと全身をこうも簡単に骨抜きにしてしまう主計くんボイス（タメ口ver.）。

「いじわるだよ……、主計くんっ」

「……」

「きゃあ……っ！」

涙目で訴えると、今度は力いっぱい抱きしめられる。

何がなんだか混乱状態のなか、甘い息をはあーっと吐いては「……ずりー」なんてつぶやかれた。

「はー、我慢しろ俺……、耐えろ俺」

頭を抱えるようにぶつぶつ言ってる主計くん。

大好きな腕のなか、思わずくすっと笑ってしまった。

「そーいうとこですよ、もう。……ほんとまじかわいい、やべー襲いてぇ」

「えっ……」

「……いいえ?」

「いやっ、いいえって……、わっ、んん……っ！」

ゆっこに聞いたところ、これは俗に〝溺愛〟なんて呼ばれるものらしく……。

櫻井主計のそれはきっといま以上に、考えられないくらいに、すっごく甘いものなんだろうと。

私はまだまだ知らないことばかりみたいで……。

でも、これだけは言える。私の世界には、君さえいればいいんだ。

書籍限定
特別書き下ろし番外編

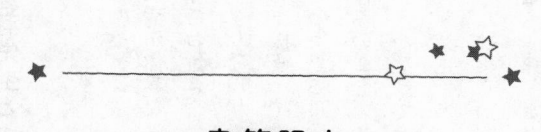

番外編① 丹羽先生とゆっこ

「今週の土曜日、部活が休みなんですが……よかったら俺の家に来ませんか？」

私たちが結婚前提でお付き合いをしていることは、知ってる生徒は知っている、知らない生徒には噂止まりな現状で。

けれど悪い噂として広まってはいないため、平和な高校生活を過ごしていた今日。

もうすぐ高校生になって二回目の夏休みが近づく季節。

の、とあるお昼休みのこと。

「一緒にお昼でもどうかなって」

普段は生徒立ち入り禁止である屋上にて、並んでお弁当箱を開けていた隣クラスの人気者、櫻井主計くんは柔らかく言ってきた。

「えっ、いいのかな……？　お休みの日だから家族水入らずじゃ……」

「平気です」

「でも……」

「平気なんです」

あ、これは意外と頑固な主計くんがぜったい譲らないところだ。

ここは大人しく、こくんとひとつ。

何回か誘われてお邪魔したことはあるとしても、やっぱり婚約者（彼氏）の家を訪れるというのはいつまで経ってもドキドキするものだ。

しかし今回のドキドキは、それをポーンと簡単に飛び越えてきた。

「母さんが一時退院して家族が揃ってるので、ぜひかなのさんにも来てほしくて」

とうとうやってまいりました、このときが。

どんな服で行こう、手土産は……、まずそれより挨拶を考えなくちゃ。

ぶわーっと一気に押し寄せてくる気持ちの正体を言葉で表すならば、〝ちゃんとしなくちゃ〟かなの。

「そんなに固くならないでください。かなのさんのことはみんな知ってますし、母さんも妹も会いたいってうるさいんです」

ふっと、主計くんのこぼす微笑みは、緊張をほぐすどころか余計に緊張を煽ってくる。

「固くならないでください」って言うけれど……主計くんも私の家に来たときはかなり固くなってたような……。

「大丈夫だよ、かなちゃん」

「っ……」

ふわっと背中に回った手に引き寄せられて耳元。

そんなふうにすれば私が断れないことを知ってしまった彼は、すごくずるい……。

まだ慣れないのは私だけなのかな……と不安に思っていると、頬だけじゃなく耳まで真っ赤な主計くんがいた。

「ふふっ」

「……どうかしましたか」

「ううん」

私だけじゃない安心と嬉しさ。

それ以上に愛しさが胸を埋め尽くす大好きの気持ち。

「……かなのさんのお弁当、おいしそうですね」

「え、あっ、今日はお母さんが作ってくれてね」

こつん、肩がくっつく。

「主計くんのも彩りいっぱいで美味しそうだよ」

「野菜たべろって、母さんがわざと入れてくるんです」

「そうなんだ……」

さらっ、髪の毛が触れあう。

「かずえ、くん」

「……そこで名前呼ぶのは駄目ですよ」

「ひゃっ……」

ばちっ、目が合ってからの、近づく顔。

三秒もないだろうな……なんて、爆発しそうな心臓を必死に保っていた。

――そのとき。

「あれ……？　開いてるよ丹羽くん」

「丹羽くんはやめろ」

ガチャッと、屋上の重いドアが開かれて。

そこから二人ほどの聞き慣れた声。

「……!!」

咄嗟《とっさ》に気配を察した私たちは、ふたりが入ってくる前に物陰に隠れた。

「どうして開いてたんだろ……、基本生徒は立ち入り禁止だよね……?」

「……まあ、例外もいるんだろうな」

「例外? なにそれ～」

「いつかのお前もそうだったろ、優子」

「あ、そうだっけ? えへへ」

ゆっこと丹羽先生だ……。

そんなふたりが言っている〝例外〟とは、私たちのことだった。

どんな理由があれ婚約している生徒が居るとなると、校内はわりと落ち着かない。

風紀が乱れるんじゃないかと心配している先生たちからは、「あまりわざと見せないように」なんて言われていて。

もちろん私たちがそんなことするはずもないのだけれど……。

こうして使うようにと、教師の信頼を勝ち取っている主計くんは、屋上の鍵を前々から渡されていたのだった。

「んで、優子。話ってなんだ」

「んーっとねえ、ぎゅーってしたい！」

「……真面目な話じゃねーのかよ」

「いやいや真面目だよ？　これすっっごく真面目なの……！」

これがゆっこのかわいいところ。

一見すると積極的に見えるけれど、どの角度から見ても分かっちゃうくらいに真っ赤で。

本当にいっぱいいっぱいなんだな……って、思わず応援したくなる。

私たちが居ることは気づかれていないようで、主計くんと息を潜めて様子を見守ることに。

「ったく、用がねえなら採点の途中だったから戻るわ」

「えっ、だめ……っ！」

若き体育教師のジャージを掴んで引き留める友達は、それはそれは恋する女の子の顔をしていた。

ゆっこはいつもしっかり者で、いい意味でサバサバもしていて、なおかつ大人っぽい。

でも今のゆっこは本当に年相応の高校生。

「丹羽くん、三年生の女子生徒に告白されたってほんとう……？」

「……どこで知った」

「噂が回ってるもん……、ねえ本当なの……？」

「噂なんか真に受けんなよ」

主計くんのことも〝無表情隠れオオカミプリンス〟と平気で言ってしまうゆっこだから、先生に対しても〝くん呼び〟を貫く私の友達。

そんなゆっこは不安げな声を落として、すぐにでも泣きそうだった。

「お願い行かないで丹羽くん、あたし卒業まで貫くよ……？　メイクだって薄くしたし、髪も巻いてない……」

「行かないでって言われてもな。俺は教師で生徒を卒業まで見届ける立場なんだから、見送る側が俺だ」

「……そうなんだけど」

「あと校則は守れ。じわじわ戻してなにがしたいんだお前は」

「えっ、だって……、そうしないと丹羽くんが構ってくれないから……」

「そりゃな？　校則守ってない生徒がいれば注意するのが教師だからな？」

一途な気持ちは、時に人を動かすこともできるけれど、時に自分だけで終わってしまうこともある。

それが恋というものなんだと。

丹羽先生の〝教師として〟の言葉に、ゆっこは地面を見つめてしまった。

「……昼休みと採点作業を中断させてまで来たぞ俺」

ぽつりと、丹羽先生はつぶやいた。

「へ……？　どういう……こと……？」

「……なんでもねーわ」

拾えなかったゆっこ、そして私と主計くん。

それが〝子供と大人〟という大きな壁を表しているみたいだった。

「呼び出したあたしのこと、そんなに怒ってるってこと…？」

「なんでそーなる」

「だって言ってくれないから……！　もしかしてもう、その三年生と付き合ってたりするの……？」

「これでも俺、教師だぞ」

「わかんないじゃん……っ、あの先輩かわいいって噂だしっ」

「問題はそこじゃねーだろ」

まるで夫婦《めおと》漫才。

ゆっこがボケに回るところなんか初めて……。

バッサリ切り捨てつつも、ゆっこの言葉にひとつひとつ答えてあげている丹羽先生。

「脈ナシだからさっさと諦めろってこと……？」

「……そしたら本当にそこまでだな」

「え……、な、なんでそんなこと言うの……？　ひどいよ先生……！」

「俺は保健体育担当だ、悪いが恋愛専門じゃないんだよ」

なんだろう……、この噛み合ってるようで噛み合ってないようにも聞こえる会話は。

大人として教師としての立場を守らなければいけない丹羽先生は、好意を寄せてくれる生徒に対して戸惑っている節でもあるのだろうか。

「——すっ、好きで居続けようよゆっこ……っ!!」

「かなのさん……？」

気づいたら物陰から出てしまっていたのは私だった。

ゆっこのこんな姿を見るのは友達として胸が痛いし、同じくらい背中を押してもあげたかったから。

「えっ、かなの……!?　てかオオカミまで……!!」

「……省略しすぎなんだよ、ゆっこ」

「やっぱお前ら見てたのか」

「……別に見ようとして見てたわけじゃないですけど」

驚くふたりの反応に、冷静に答えてくれる主計くん。

けれど私はそれどころじゃなかった。

「ゆ、ゆっこ……！　諦めちゃだめだよ……っ！」

「え……、だって……」

「諦めたら……っ、だめだよ」

「それ同じこと二回繰り返してるだけだろ」

すかさず私にもツッコミを入れてくる丹羽先生。

「先生、そこはスルーしてあげてくれませんか。……チッ、頑張ってんだからいちいち言うなよ」

を、睨んだ主計くん。

「……お前は由比のことになると本気出しすぎなんだよ櫻井。怖ぇわ」

先生がゆっこのことを名前で呼ぶ理由は、たとえ特別なものがひとつもなかったとしても。

先生を好きになってしまった生徒、この壁はとてつもなく大きくて、そして無謀でもあったとしても。

それでもゆっこが私の背中を押してくれたように、私だってゆっこの恋を見守りつづけて、支えたい。

「……かなの」

「ゆっこ、誰かを好きになる気持ちはすごく素敵なものだから……！　確かに楽しいことばかりじゃなくて苦しいときもあるけど……っ、それでも自分自身が強くなれる気持ちだから……！」

「じゃああたし……諦めないよ……？　どんなにウザがられたって、毎日絡んでうんざりされたって……、自分が納得して満足するまで好きで居続けるよ……？」

「うん……!!」

はあ、と。

私とゆっこの決意を聞いた先生は、困ったような柔らかい息をひとつ。

「お前の良いところは友達に対しても恋愛に対しても、一途でまっすぐなところだな、笹倉優子」

ふっと微笑んだ若き体育教師の背中を、ゆっこはとびきりの笑顔で追いかけていった――。

番外編① fin.

番外編② ようこそ櫻井ファミリーへ

「ほ、本日はお忙しいなか、せっかくの家族団欒《だんらん》にお呼びいただき……、ほんとうに、心から、誠にありがとうございます……」

私、由比かなの。

こんなにも緊張することが世の中にあるのかってくらい、ドキドキバクバクが収まりません。

約束の土曜日。

十一時待ち合わせだったけれど、早朝の五時に目が覚めてしまったほどの今日。

「私、かず……、さ、櫻井くんとは同じ学校でっ、クラスは違いますが……、いつも仲良くしてもらっていて、あっ、自己紹介が遅れてすみません……！　由比かなのと申し――」

「ふっ、かなのちゃん。いらっしゃい」

「えっ、……あ」

ここにきてやっと、頭をあげた。

深く深く下げていた九十度。

どこかで聞いた声だなぁ……と思っていると、案の定。

広々とした旅館のような玄関に立っていた女性は――……いつかの病院で会った人だった。

「久しぶり、かな。あのときは言わないほうがいいかなと思って黙ってたんだ。……改めて初めまして、主計の母です」

「あっ、えと、あの、は、初めまして……！　その節は本当にありがとうございました……！」

すると、彼女の隣に立っていた主計くんのお父さんは口を開いた。

「ん？　なんだ、ふたりは知り合いだったのか？」

「うん、ちょっとね」

「え、どこで？」

すかさず主計くんも驚いたように混ざった。

「それは母さんとかなのちゃんだけのひみつ。ね？　かなのちゃん」

「ふふっ、はい……！」

やっぱり主計くんのお母さんだったんだ……。

長い睫毛、そこまで表情には出ない落ち着きよう、全体的にクールな印象を漂わせる綺麗さ。

昔から身体が弱く、入退院を繰り返していると教えてくれて。

母親失格だと前に言っていたけれど。

そんなことないって、主計くんの顔を見ればわかる。

「あれ？　小夜《さよ》は？」

「なんか直前になって緊張しちゃったみたいでね。小夜《さよ》ー？　かなのちゃん来たよー？」

「おいで小夜、昨日まであんなにウキウキしてたじゃないか」

小夜……。きっとそれは、主計くんの七歳年下の妹さんの名前だ。

前々から話では聞いていて、私も会えるのがかなり楽しみだった。

トタトタトタと、奥の部屋から駆けてくる女の子。

「こ、こんにちは……、櫻井小夜です……」

恥ずかしそうにうつむいてから母親の背中に隠れつつ、けれど丁寧な挨拶が向けられた。

「こ、こんにちは……！　由比かなのです……！　実は小夜ちゃんにプレゼントがあって……」

「プレゼント……？」

ひょこっと、お母さんの背中から顔だけを出してくれる小夜ちゃん。

主計くんにも秘密にしていたことだったため、櫻井家の全員が私に注目した。

「これなんだけどね、いま女の子に人気のキャラクターって聞いて……」

「あっ‼　タイガーラビちゃん‼」

「わっ」

袋からマスコットを取り出してすぐ、キラキラさせた目をして身を乗り出してきた。

「おい小夜」と、お兄ちゃんである主計くんが注意する姿でさえ、微笑ましい兄妹が見れて嬉しくなる。

「わたしにくれるの……？」

「もちろん……！」

「ありがとう！　かなのお姉ちゃんっ」

わぁぁ……！

かなのお姉ちゃんだなんて……！

喜んでもらえて良かった……。

ぱあっと花が咲くような笑顔を見せてくれる小夜ちゃんは、私が大好きな男の子にも似ていた。

「それとこれは主計くんのお母さんがプリン好きだと聞いていたので……。由比家が昔からお世話になっているケーキ屋さんの自家製プリンなんです。ぜひ皆さんで召し上がってください」

「ええ～、わざわざありがとう。立ち話もなんだから、ほら上がって上がって」

「お邪魔します……！」

学校での私たちのこと、一年生のときの話、これからの未来の話まで。

手作りのお昼ごはんを用意してくれて、たくさんのお話を聞いてくれる櫻井ファミリー。

そんな一員に早く私も仲間入りできたらいいなぁと、心から思った。

「由比さんのご家族は今日も忙しいのかな？」

「いえ、今日はおばあちゃんもみんなオフの日みたいで……」

「あ、ほんと？　それなら夕飯みんなで食べない？」

「え」

主計くんのお母さんはもしかすると私のお母さんと気が合うかもしれない。

というよりも、母親というのはどの家庭も突然の思いつきをしてしまうものなのだろうか。

それとも有名な家柄を支える女性はみんな、こうでなくちゃという何かがあるのかな……。

「さすがにそれは悪いよ。かなのさん家《ち》もせっかくの休日だろうし」

「去年のクリスマスはあんただってお世話になったんでしょ主計。そんなのお礼しないと」

「えっ、お礼なんてそんな……！　あれはうちが無理やり誘ったみたいなものですから……！」

「なら今度は櫻井家が無理やり誘ってもいいってことだよね？　かなのちゃん」

くすっと意地悪に笑った、一枚うわてなお母さん。

最近になって私をからかってくるようになった主計くんのお母さんだなって……すごくすごく感じる。

そんなこんなで由比家にも連絡を通して、夕飯を一緒に食べることになりまして。

由比家と櫻井家がみんな揃った会食は初めてのことだった。

どこか外食へ行くかと話も出たけれど、親同士ゆっくり話したいからと櫻井家で行うことに。

「じゃあまだ時間あるし、母さんたちは買い出しに行ってくるね」

「あっ、私もお手伝いします……！」

「いーの、いーの、かなのちゃんはお客さんだから。お手伝いはもう少し先の未来でたくさんしてもらうし？」

「……っ！」

意味を理解してまた顔が赤くなってしまった私に微笑んで、主計くんのお母さんは次に息子へと鋭く視線を移す。

「主計、くれぐれも分かってると思うけど。何事も順序よ、順序」

「……それはほんとに心得てる」

出た……、主計くんがいちばん大切にしている〝順序〟。

今回はそこに母から子へ、凄まじい無言の圧力が加わっていた。

私はとくに気にすることをせず、買い物へ向かっていった三人をお見送り。

「かなのさん、こっちです」

「あっ、うんっ」

とたんにふたりきりになってしまった空気に緊張していると、手招きをした主計くんは階段を上ってゆく。

背中を追いかけてたどり着いた先、もちろん彼の部屋。

何回か来たことがあるけれど、やっぱりこれもまだ慣れない。

「……かなのさん」

「わっ……、きゃっ」

ガチャッとドアが閉められて、ずんずん近づかれて。

それからすぐに抱きしめられて今。

「やっとふたりになれた……」

「っ……」

「小夜にわざわざプレゼント用意してくれて、ありがとうございました」

「ううん……、気に入ってくれたみたいでよかった……」

ずっと肌身離さず持ち歩いてくれて、何度も何度も「かなのお姉ちゃん」と呼んでくれて。

本当に妹ができたみたいで、私も嬉しくて楽しかった。

「でも俺からすれば、俺だけのかなのさんじゃなくなった感じで複雑だったりしますけど」

「え……？　ひゃあ……っ」

そのままひょいっと、身体が浮いた。

まさかそんなことをしてくるなんてとびっくりしていると、その流れのままベッドに腰かけた彼の膝のうえに降ろされる。

向かい合って抱っこ、それはまるで去年の文化祭のときみたいだった。

「……かなのさん、こっち見てください」

「は、恥ずかしい、よ」

「かなの」

三段階ある、私の振り向かせ方。

今は二段階目。

ここまでは頑張って耐えることができるのだけど……。

「――……かなちゃん、俺のほう見て」

こうなってしまったら意識より先に身体が言うことを聞いてしまう。

彼が私のことをそう呼ぶとき、必ず敬語が取れるまでがセットになっていて。

「っ、かずえく……んっ！」

ふわっと、重ねられたひとつ。

ずっと我慢していたのだと分かる動きにだんだんと変わっていく。

「んっ、……主計くん、……恥ずかしい」

「やべー、かわいい」

「っ……」

とろんっと、熱くこぼれそうな目。

もし彼がいまネクタイを締めていたならば確実に緩めてただろうと、簡単に想像できてしまう目で射抜いてくる。

「きゃっ、かずえくん……！」

背中から倒れられると、同じように引き寄せられた腰も比例する。

ぽすっ——。

ひとつのベッドに寝転んだ高校生がふたり。

それだけで普段とはまた違うドキドキが身体中を埋め尽くした。

「なにか学校で嫌がらせとか受けてませんか……？」

「……うん、大丈夫だよ」

「なんでも言ってください。俺がぜったい守るんで」

心配そうに見つめてくる。

かつてここで、私は大泣きしちゃったんだよね……。

誰かに甘えることを今まであまりしてこなかった私が、主計くんにだけはぜんぶをさらけ出してまで伝えた気持ち。

「いつも守ってくれて……ありがとう、主計くん」

探り当てるように手をつかまれて、きゅっと繋がれて。

それだけじゃ足りなかったのか指を絡めて握られた。

こうして笑い合えるまでに色んなことがあったけれど、思い返す思い出のぜんぶには必ず主計くんがいた。

「でも守られるだけじゃ嫌だから……、私も強くなりたいな……」

「……前にゆっこと丹羽先生が屋上で話してたとき」

「え……？」

「かなのさん、すごく格好よかったです」

あのときは無我夢中というか、がむしゃらというか……。

今までずっとゆっこには助けられてきて、主計くんとのときだってゆっこが繋いでくれたことを後日談として聞いていて。

だから今度は私の番って思っていたら、考えるまでもなく身体が勝手に動いていた。

「それに俺を守るために……かなのさんは隠し通したでしょ」

本当は守られてるのは俺なんです——と言いながら、こつんとおでこをくっつけてきた。

「でもう隠さなくていい。俺はどんなかなのさんを見たって……離す気も離れるつもりも無いんで」

私だって同じだよ。

どんな主計くんを見たって嫌いになんかならないし、むしろ知らない主計くんを知っていくたびに、好きが溢れていく。

完璧じゃなくたっていい。

たとえ剣道の試合で二位だとしても、主計くんは私のなかではずっとずっと一位だから。

ベッドのうえ、今ある私たちの思い出をたくさん振り返った。

「――……俺、かなのさんに出会えて良かった」

「……！　わ、私も……、主計くんに出会えて良かった……っ」

「あっ、え、泣かないでください、いやでもこれは嬉し涙、ですよね……？」

こくんっと、うなずく。

これは嬉しすぎて仕方がない涙だよ。

主計くんと出会って、いろんなことがあって、もちろん悲しくてつらい涙も流したけれど。

それでも幸せで嬉しい涙のほうが圧倒的に多い気がする。

そして、嬉しくて涙が出ることを教えてくれたのも主計くんだ。

「かなの、……大好きだ」

「っ……！　私も……だいすき」

きっと今の櫻井主計の顔を見れるのは、この先も私だけなんだろう。

こんなにも甘くて優しい言葉を贈られるのも私だけ。

そんな欲張りな自分を、彼だけは許してくれる。

「主計くん……」

「ん……？」

「……キス……、してほしいな」

「……」

私から初めてのおねだり。

言葉が止まってしまった主計くんは、ぼーっと一点を見つめてから。

ぱちんっと弾けたように意識を取り戻した。

「っ……、えっ、あ、はい、じゃあ……します」

「あっ、ごめんなさい……っ！」

「えっ、いや……！　今の〝じゃあ〟ってのは仕方なくとかじゃなくて……！　むしろ嬉しすぎるというか、その」

「へっ、あ……、お、おねがい……します」

「……はい」

私たちらしい。

私たちは何年経っても、どんなに大人になったとしても、こういうスタンスを大切にしていくんだろうと思った。

「あ……っ！」

くるっと体勢が変えられる。

「主導権を握るのは俺だ」と言うみたいに少し強引にも思える動きなのに、体重がかからないように慎重に覆い被さってくれる彼は、やっぱり私の大好きな人だ。

お互いにとろけそうな目を映し出して、ふたつの影はひとつになろうとしていた

——とき。

「たっだいまーー!!　お兄ちゃん！　かなのお姉ちゃんっ！　お菓子とかアイスいっぱい買ってきたよーーっ！」

下の階、玄関から聞こえた元気いっぱいの声。

甘いムードは可愛いものへと変わって、ふたりして笑い声がこぼれた。

「……もう少しかなのさんと居たかったのに」

「ふふっ、これからもずっと一緒だから平気だよ」

「……！」

どうやら私が言うには少し恥ずかしいくらいのセリフを言ってしまっていたらしく……。

あとからあとから追い付いてきては、ボッと顔が火照った。

「あっ、いやっ、その……、っ……！」

ちゅっ——。

おでこにひとつ、甘い唇が触れた。

「——……ずっと一緒だよ、これからも」

ほら、今も。

幸せすぎてたまらない、嬉し涙が溢れた。

番外編② fin.

あとがき

この本をお手にとってくださったすべての読者様、この物語と出会ってくださり、本当にありがとうございます。

はじめまして、作者の◇理人◆と申します。

今作が初めての書籍化ということで、いまだに信じられない気持ちでいっぱいです。

理人は小説を執筆するとき、「周りの支え」というものを大切に描くようにしています。

このお話でも櫻井くんとかなのちゃんだけだったとしたなら、二人の恋はすごく難しいものになっていたと思うんです。

ゆっこや櫻井くんのお母さん、周りにいるみんなの支えがあったから彼らは幸せを掴むことができたんだろうなと。

それは物語の彼らだけではなく、理人自身も常に感じていることでもあります。

今回出版させていただくにあたって、そんなものを改めて強く強く実感しました。

この一冊を作り上げることができたのは、それは理人だけの力ではなく、関係者様すべての支えがあったからです。

この場をお借りして、改めて心から感謝を申し上げます。

いつも見守ってくれる家族。

文字だけで表現していた登場人物たちを、素敵なイラストにして命を吹き込んでくださったタムラ主様。

そしていつも応援してくださるファンの皆様。

たくさんの力が合わさって作り上げたこの一冊は、これから先ずっと理人の宝物になる一冊です。

本当に本当にありがとうございます。

すべての皆様に心からの感謝を込めて。

この物語が、少しでも誰かの背中を押してくれるようなものとなりますように。

皆様の明日が、今日よりもっと穏やかで素敵な日々となりますように。

二〇二三年一月二十五日　◇理人◆

作・◇理人◆（りひと）

関東在住のZ世代、獅子座のO型。多様なジャンルの物語を作ることが好きで、初めて書いた小説は時代もの。MARVEL映画にハマっており、トニー・スタークに憧れている。深夜のほうが頭が回る人間のため、基本ショートスリーパー。

絵・タムラ圭（たむら　けい）

埼玉県出身、11月生まれの射手座。2008年小学館新人コミック大賞にて漫画家デビュー。noicomiにて「天ヶ瀬くんは甘やかしてくれない。」（原作:みゅーな**）「先輩はイジワルにつき。」（原作：miNato）のコミカライズを担当した。趣味はお菓子作り。

◇理人◆先生への
ファンレター宛先

〒104-0031　東京都中央区京橋1-3-1　八重洲口大栄ビル7F
スターツ出版（株）　書籍編集部気付　◇理人◆先生

俺の世界には、君さえいればいい。

2023年1月25日　初版第1刷発行

著　者　◇理人◆　©Rihito 2023

発行人　菊地修一
イラスト　タムラ圭
デザイン　齋藤知恵子
DTP　株式会社 光邦
編集　林 朝子
編集協力　ミケハラ編集室
発行所　スターツ出版株式会社
〒104-0031
東京都中央区京橋1-3-1 八重洲口大栄ビル7F
出版マーケティンググループ TEL 03-6202-0386
(ご注文等に関するお問い合わせ)
https://starts-pub.jp/

印刷所　株式会社 光邦
Printed in Japan

ISBN 978-4-8137-1383-8 C0193

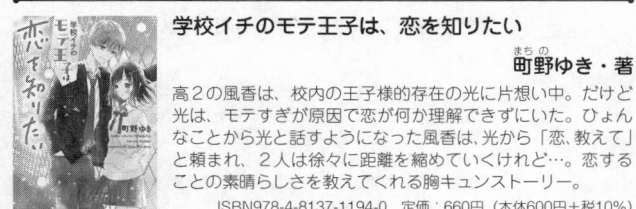

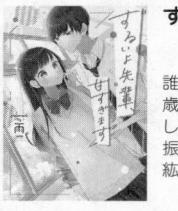

恋するキミのそばに。

♥野いちご文庫人気の既刊！♥

告白したのは、君だから。

神戸遥真《こうべはるま》・著

まじめで内気な高１の里奈は、同じクラスのイケメン一輝からの“嘘の告白”に、騙されたふりをして付き合いはじめる。明るく優しい一輝に次第に心惹かれてしまい、その想いを断ち切らなくてはと悩む里奈。でも、一輝の本当の想いは――？　ピュアなふたりのじれったい恋の行方に胸キュン。

ISBN978-4-8137-1065-3　定価：660円（本体600円＋税10%）

大好きなキミのこと、ぜんぶ知りたい

灯《ともり》えま・著

高２の虹は、女子に冷たいけど超モテモテな幼なじみの千尋が好き。でも虹は、千尋の兄・千歳と付き合っていた過去が引っかかっていて、想いを伝えられずにいた。一方、子どものころから虹が好きなのに、虹は今も千歳が好きだと思い込んでいる千尋。勘違いしたままの千尋に虹は動き出すけれど…!?

ISBN978-4-8137-1037-0　定価：682円（本体620円＋税10%）

今日、キミとキスします

高２の日詩はクールなモテ男子・瀬良くんに片想い中。彼のことを見ているだけで十分だったのに、ある日、廊下でぶつかった拍子にキスしてしまい!?　気まずくなるかと思いきや、それをきっかけに彼との距離が急速に縮まって…。ほか、好きな人とキスする瞬間を描いた、全７話のドキドキ短編集！

ISBN978-4-8137-1004-2　定価：704円（本体640円＋税10%）

だから、俺の彼女になってよ。

☆*ココロ・著

親友・和也を秘かに想う澪南は、和也に気になる人がいると告白され大ショック。それでも健気に好きな人の恋を応援する彼女の前に現れたのは、笑わないクールな王子様、千歳。キツイ毒舌を浴びながらも、その裏の優しさに触れた澪南はどんどん惹かれていって――。切なくて甘い恋物語。

ISBN978-4-8137-0989-3　定価：660円（本体600円＋税10%）

書店店頭にご希望の本がない場合は、書店にてご注文いただけます。

恋するキミのそばに。

野いちご文庫人気の既刊！

はちみつ色のキミと秘密の恋をした。～新装版 はちみつ色の太陽～

小春《こはる》りん・著

ある日、ひょんなことから学校一イケメンで硬派な陽の秘密を知ってしまった高2の美月。いつもはクールな陽のギャップに驚きつつ、美月は陽の偽カノとなり、みんなには秘密の関係に。不器用だけど優しい陽に少しずつ惹かれて…。第10回日本ケータイ小説大賞受賞の史上最強学園ラブ。

ISBN978-4-8137-0974-9　定価：682円（本体620円＋税10%）

キミの隣でオレンジ色の恋をした～新装版　オレンジ色の校舎～

由侑《ゆう》・著

高校生の遥は、中学時代の元カレ・朱希にずっと片想い。失った恋を忘れられないまま、クラスメイトの朱希を見つめるだけで、自分の気持ちを伝えられない日々を送っていた。久しぶりの朱希との会話から、遥の気持ちはますます高まってきて…。一途な想いから生まれる、甘く切ない恋物語。

ISBN978-4-8137-0957-2　定価：693円（本体630円＋税10%）

クールなキミが最近優しいワケ

Milky《ミルキー》・著

高２の陽和は控えめな性格のピュア女子。イケメンで優しい先輩に片思い中。そんな陽和に対してクラスメートの橘くんはいつも冷たい態度だけれど、嫌いだというわりになぜか陽和が困っていると助けてくれる。戸惑いながらも、橘くんの不器用な優しさに少しずつ陽和の心が動きはじめ…。

ISBN978-4-8137-0941-1　定価：693円（本体630円＋税10%）

先輩、これって恋ですか？

水沢《みずさわ》ゆな・著

恋愛未経験で内気な高１の春香。昼休みに出会った学校一のモテ男でイケメンな智紘先輩に気に入られ、強引だけど甘～いアプローチにドキドキしっぱなし。「俺以外の誰かになつくのダメ」なんて、独占欲強めだけど、チャラいだけじゃない先輩の優しさに触れ、春香は少しずつ惹かれて…。

ISBN978-4-8137-0940-4　定価：660円（本体600円＋税10%）

書店店頭にご希望の本がない場合は、書店にてご注文いただけます。

恋するキミのそばに。

♥野いちご文庫人気の既刊！♥

今日、キミに恋しました

恋に奥手の高２の七海は、同じクラスのイケメン＆人気者の南条くんがちょっぴり苦手。ところが、あることをきっかけに彼と話すようになり、彼を知れば知るほど七海は惹かれていき…。ほか、クラスや学校の人気者、大好きな人と両想いになるまでを描いた、全５話の甘キュン短編アンソロジー♡

ISBN978-4-8137-0924-4　定価：660円（本体600円＋税10%）

どうして、君のことばかり。

夜野《よるの》せせり・著

親友・絵里と幼なじみでイケメンの颯太、颯太の親友で人気者の智也と同じクラスになった高１の由奈は、智也に恋をする。でも、智也が好きなのは由奈じゃなく…。落ち込む由奈を心配してくれる颯太。颯太は、ずっと由奈が好きだった。やがて由奈は、ひとりの男の子として颯太が好きだと気づくが…。

ISBN978-4-8137-0925-1　定価：660円（本体600円＋税10%）

卒業まで100日、…君を好きになった。

夏木《なつき》エル・著

高３年の唯は誰よりも早く卒業後の進路が決まったけど、クラス全体は受験前のピリピリムード。孤独だった唯は、ある日突然、学校一頭が良くてイケメンの人気者の篤から「俺と楽しいことしない？」と声をかけられて!?　“卒業同盟”を組み、二人きりのドキドキ＆胸キュンな時間を過ごすことに…。

ISBN978-4-8137-0906-0　定価：660円（本体600円＋税10%）

3秒後、きみと恋がはじまる。

氷室愛結《ひむろあゆ》・著

高校の入学式、声をかけてきた茜に一目惚れした桃。茜は成績トップ、クールでイケメンだけど、女の子にはなぜか冷たい。高2のある日、桃は思わず「……好き、」と告白してしまう。果敢にアタックする桃に、最初は冷たかった茜の態度が変わってきて…。切なさに胸キュンの恋物語。

ISBN978-4-8137-0907-7　定価：660円（本体600円＋税10%）

書店店頭にご希望の本がない場合は、書店にてご注文いただけます。

恋するキミのそばに。

野いちご文庫人気の既刊！

俺、お前に惚れてんだけど。

miNato《ミナト》・著

高校の入学式、双子の弟の同級生・晴斗と偶然同じクラスになった志帆。中学の卒業式に失恋をした志帆は、もう二度と恋なんてしないと誓ったけれど、突然「俺、お前に惚れてんだけど」なんて言いよる超イケメンで俺様な晴斗に、少しずつ惹かれ…。ジレ恋の行方にドキドキの胸キュンラブ。

ISBN978-4-8137-0891-9　定価：660円（本体600円＋税10%）

ずっとキミしか見えてない

湊《みなと》 祥《しょう》・著

8年前、流星群の夜に出会った優しい少年に恋した紗良。高校の入学式でその少年・光雅と偶然再会。成長した彼は文武両道で完璧イケメンの「星の王子様」に！　お互いに想い合う二人だけど、素直な気持ちを伝えられずにすれ違ってばかりで…。じれったいピュアな恋に胸キュンが止まらない！

ISBN978-4-8137-0892-6　定価：660円（本体600円＋税10%）

キミの隣で不器用な恋をはじめよう

綴季《つき》・著

ほろ苦い初恋の思い出を心に秘め、新しい高校生活を楽しもうと思っていた花奏は、入学式当日、初恋相手の幼なじみ・眞紘と偶然再会する。想像以上にカッコよくなっていた眞紘は花奏の手が届かないほどモテモテ男子に！　お互い想い合いながらも、すれ違う二人のじれったい恋の行方は!?

ISBN978-4-8137-0875-9　定価：704円（本体640円＋税10%）

俺がどんなにキミを好きか、まだキミは知らない。

小粋《こいき》・著

同じ高校に通う幼なじみで、「元カレ・元カノ」だったこともある胡桃と灰野。高2になり、2人は同じクラスになるけど、灰野が好きすぎて、彼とうまく接することができない胡桃。一方の灰野も胡桃が好きすぎてカラまわりの連続。不器用な2人の、究極のジレジレ＆胸キュン初恋ストーリー！

ISBN978-4-8137-0874-2　定価：704円（本体640円＋税10%）

書店店頭にご希望の本がない場合は、書店にてご注文いただけます。